他の誰かに
なりたかった

多重人格から目覚めた自閉の少女の手記

藤家寛子

花風社

他の誰かになりたかった

はじめに

自分の障害に名前がついた日から間もない頃、長崎でアスペルガー症候群の少年の事件が起きた。その日を境に、私はただの障害者ではいられなくなったの。

殺人という事実と、「アスペルガー症候群」という名前。私たちは「無情」の文字でひとくくりにされ、時だけが虚しく過ぎ去って行ったわ。

もし、私の家族や友達が、意味もなく誰かに命を奪われたら、私は許さないわ。私はあの少年と同じ障害だけど、「無情」じゃない。この日本で生活をしている他のアスペルガーの人たちも、きっとそうだと思うの。

奪われた小さな命と共に、事件を起こした少年にも、私は「かわいそう」と感じたわ。その瞬間の少年の混乱が、私にはわかるから。

いけないのは、もっと根本的なこと。殺人は、誰が起こしても、許されないこと。そして、アスペルガー症候群について、みんなが知らなすぎること。そのために苦しむのは、周りだけじゃなく私たち当事者もなの。
だから私は本を書き始めたの。

他の誰かになりたかった　目次

ある日曜日の個人的衝動
自閉症を扱ったドラマ
お医者様との相性
二つの生命線
フラッシュバックとの上手な付き合い方
宝物

第三部
アスペルガーの私に、家族が愛せるか？

私の生まれた環境
必ず通り過ぎるべき時代
本当の家族になるために
気づかなかっただけの親の愛

第四部
本物の自分を受け入れられるように……

第一部

私が私で
いられなかった理由

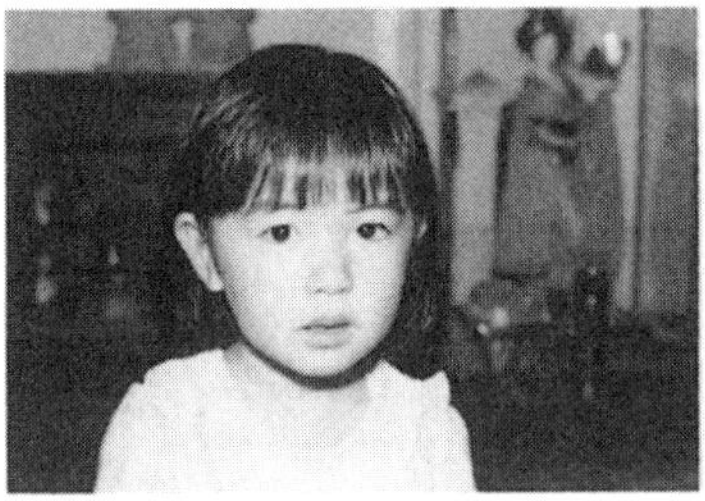

他の誰かになりたかった

あれは、小学校二年生の時だったと思います。お稽古事の帰りが普段より少し遅れたので、私は薄暗くなった帰り道を、かなり動揺しながら帰っていました。私の家では門限が決められていて、必ず夕方五時には家にいなければなりませんでしたし、私自身も、その時間以降は滅多に外にいたことがなかったので、二倍の不安感だったことは間違いありません。

今思えば、自閉的特徴だったのでしょう。小さい頃から、普段と違うことが起きるという事柄をまったく許容することができず、その時も、ただひたすら、家に帰り着くことと、沸きあがってくるかんしゃくを必死に抑えようとすることで、私は精一杯でした。家の近くまで来た時、安堵感からか、私の緊張はつい解けてしまいました。一瞬、思考が停止したのでしょう。私はその当時、歩く時はいつも、右を出して、それから左を出して、と、考えなければ歩くことができませんでしたから、当然私の足は止まり、信号機の前で足止めをくうことになってしまいました。

ふと後ろを振り返ると、灯りの点いた民家がありました。そして私は、薄いカーテン越しに見てしまったのです。中に人がいるのを。壁があるのを。部屋があるのを。家具が置いてあるのを。中にいる人は電気を消して、そのあとすぐ、その部屋を出て行ってしまったので、私が見た部屋はまた真っ暗に戻ってしまいましたが、私の脳裏にはいつまでも、その光景が鮮明に焼きついていました。

中に人がいるという現実は、私の世界を大きくゆすぶりました。そんなこと、考えたこともなかったのですから。私は知らなかったのです。物事には「内側」があるということを。もちろん私の中に内側は存在していました。部屋という概念を知らなかったわけではないのです。ただ、それが他にも存在していたなんて！　私は同時に「外側」を知ることにもなりました。それまでの私にとって存在し得るのは、私自身と、私の行為と、その行為に伴う一連の場面だけで、それで全てだったわけです。目に入る風景は模型にすぎず、私がその場所に関わらない限り、何の意味もありませんでした。私は自閉スペクトラムの人間だったからです。そんなわけで、そのときの衝撃は「驚き」というよりも「驚愕の極地」と表現した方が、より一層、確かな表現だと思います。

私と同じように高機能自閉症者であるグニラ・ガーランドさんはその著書、『ずっと「普通」になりたかった。』の中で、ご自身の半生を綴っていらっしゃいますが、私の体験も、彼女とほとんどが同じでした。視覚的イメージによって物事を理解する方法も同じだったので、彼女の本を読んだ時はどんなに気持ちが救われたことか！　なぜなら、長らく「得体の知れない生物」だった私が、やっと自分の存在できる世界を探し出すことができたのですから。

「本物の人間になりたい」と切望し続けたグニラさんと同じように私にとっても「誰か他の人」になりきることが、いつの時代も最大の目標でした。真似する対象となる人物は様々でしたが、そのほとんどは「本の中」の人物で、バーネットの『小公女』には、一番影響を受けたと思います。おりしもテレビ・アニメで放送されている時でしたから、自らの中に彼女を取り込むことは、何の苦労もなかったわけです。話し方から立ち振る舞いに至るまで、私は「セーラ」になっていきました。田舎暮らしではありましたが、我が家では誰も方言を使うことがありませんでしたので、その当時の私は、標準語でしか話すことができませんでした。「セーラ」の話し方は、私の、標準語でしか話せない生活に一層拍車をかけたので、私は学校で、たいそう気取った話し方をする女の子で通ることになってしまいました。

文化的な背景も、私が「セーラ」になりきってしまう理由の一つでした。それは、人間の成長段階において人格形成がなされる時期の多くの時間を、祖父と過ごしたからだと思います。祖父は、彼の人生の大半を、外国か、または日本で外国人と一緒に過ごしています。米軍・佐世保基地で生活をしていたので、水兵のような陽気で人なつっこい一面もありましたが、とても伝統と格式を重んじる人でした。

私がこれまで出会った男性の中で、彼以上に紳士だと感じた人はいないと思います。彼の礼儀作法は徹底したもので、紳士であると同時に、とても厳しい人でもありました。家の中で走り回ることなど想像することもできません。常に品格を重んじ、慎みを忘れない。それが彼の教えです。

幸運なことに、我が家は代々、贅沢な暮らしを送ることができたのですが、その暮らしを当たり前に思う者は大勢いても、感謝する者はいませんでした。私はそのことを残念に思います。そう思うことができるのは、祖父が、「常に人に対しての感謝を忘れてはいけないよ」と教えてくれたからでしょう。「当たり前だと思ってはいけない」は彼の口癖でした。裕福な生活を当然のことと受け止めていた彼自身の家族とは、当然考え方が合うはずもなく、彼自身も長年、「受ける愛情」には縁遠い人だったようです。

一つの家で生活をしていても、個々の部屋を持ち、ほとんどの時間をそこで送る私たちは、お互いについて、実際のところほとんど知りませんでした。どういう仕事をしている、という程度の認知で、冗談ではなく、「両親？　どんな性格か知らない」と答えざるを得ない間柄だと私は思っています。あるいは、私の認知力に問題があるのかもしれませんが。ともかくも、そういう関係は代々続き、祖父もその犠牲になった一人でした。若い頃に胸を患い、志半ばで病床に伏さなければいけなかった彼は、私が生まれた頃には、いつも一人でいることを好む「孤独」という言葉のような人になっていました。

また家族内でも、お互いのことをよく知らないために、誰も彼の心配をしませんでした。少なくとも、私にはそう思えていました。もしかしたら、誤解だったのかもしれませんが。漂う「互いに無視」の空気と、時々聞こえてくる「酒を飲むなと言っただろう」という尖《とが》った声。お酒がとても好きだった祖父に必要だったのは、きっと、「お酒をたくさん飲むから、心配なんだよ」という、思いやりの表現だったと私は信じています。

離れに閉じこもりがちの祖父と、一歳程度で絵本を一人で読む「小さな文学的生命体」の私。「お前、本がそんなに好きかい?」と祖父が私を部屋に招待してくれたその日から、私と祖父の、小さくとも温かい毎日が始まりました。彼は魔法のように魅力的で、そして、本当に厳しい人でした。とても愛され、大切に育ててもらった私ですが、叱られたことがないということは決してありません。私は祖父の持っている鞄や懐中時計、とかく文房具に心を奪われていて、何度も「触ってみたい……」という思いにかられたものです。私がそれらに手を伸ばすたびに、「ダメだよ。これはおじいちゃんの大切なお仕事の道具だからね。いいね?」と言われました。大抵は「はい」と答えていた私ですが、書物に関しては、なかなか食い下がっていました。彼の本棚には、珍しい書物がいっぱいでしたから、何度か手に取ろうと試みたことがあります。いずれもみつかり、私は部屋を追い出されました。

彼はひどく怒鳴ることはせず、ただ、私が「約束を破るのは悪いことなんだ」と自分で気づくように仕向けることが多かったようです。しかし、私は彼が本当に大好きでした。私は幼少時代の時間を、ほとんど両親とは触れ合わずに過ごしたような気がしています。同じ家に暮らしてはいましたが、二人ともとても忙しかったのです。父は若くして責任のある仕事を任され、母も自分の仕事をしていましたし、祖母も祖母の兄の病院で事務をしていました。常に忙しい人たちでしたので、私は必然的に祖父とばかり時間を過ごしたのです。そのために私が大仰な性格に育ってしまったことは、自然であると言わなければなりません。

祖父は紳士ではありましたが、陽気な一面も持ち合わせていました。彼は佐世保基地で通訳をし、実際に生活の拠点を置いていたのは米国軍人の中でしたので、私は米国的な自由な風潮も同時に吸収することになりました。また、祖父の一番の親友はアイルランド系アメリカ人で、私の中にはアイルランドに対して少なからず望郷の念に近いものがあります。彼は社交クラブのオーナーをしていたこともあり、私は「おもてなし」の楽しさも、幼児期の間に知りました。小さくはありますが、私は文化の「るつぼ」で暮らしていたことになるのです。

西洋の流儀で育つことは、現代ではそう珍しいことではありません。しかし私は、西洋の流儀だけではなく、軍隊特有の「厳しい規則と上下関係」の延長線上で暮らしているようなものでもありましたから、より一層特異な生活になったのでしょう。「約束は守ること」、「礼儀正しくあること」。間違いなく、これらは私の性格の基盤です。祖父との生活は、良くも悪くも、外国の寄宿学校のようでした。こうして私は「セーラ」への道を邁進していきました。

寄宿学校風の生活は、自閉傾向のあった私にはとても楽しいものでした。何もかもが規則正しく行われる生活でしたので、心地よささえ感じていたほどです。祖父は私のエチケット指南役であり、父親であり、母親のような深い愛情を与えてくれる唯一の存在でした。私がほんの少しでも、この世の中に愛情が存在すると信じられるのは、祖父との穏やかで幸福に満ち溢れた生活のおかげなのです。

ご存知のように、「セーラ」にとっても、彼女の家族は父親だけで、のちに彼とも死別し、過酷な人生を強いられています。私も早くに祖父と死別しましたので、環境一つをとってみても、私は「セーラ」になる素質が充分にあったわけなのです。

祖父が他界したあとも、両親が多忙なことは変わりませんでしたから、私はこれまでの人生をおおむね独りきりで過ごしてきたような感じがしています。言うまでもなく、その後誰の影響を受けることもありませんでしたので、私は「小さな文学的生命体」から、「小さな、利口で生意気な文学的生命体」に育っていきました。私の両親は子どもに関心のある人間ではありませんでした。しかし、彼らだけに原因があるのではないと思います。私は、両親が子どもと関わりのない生活を送ることに、何の疑問も抱きませんでした。むしろ、放っておいてもらうのは助かる、とさえ考えていたものです。

今になって思えば、私には元々、家族の概念を感じる性質がなかったように思います。いつも、個々の人間として見る性質を持った子どもでした。そして、私の両親が冷酷極まりない人間だというわけでは、決してありません。私は父のような愛妻家には会ったことがありませんし、二人は本当に仲のよい夫婦です。父自身も幼少期に米国人の文化に触れて育っているので、そういうことに、あまりためらいは感じないようです。

グニラさんと私の大きな違いは、家庭自体が存続していたか、いないか、ということでしょう。幸いなことに、私は「夫婦」の概念は、自分の中に取り込むことができました。また、忙しい両親に代わって、私は三つ年下の妹の世話をしてきましたから、家庭の温かさと両親の愛情を知らないような気がするわりには、母性本能豊かな人間に育つことも可能だったのです。

むしろ大変だったのは、生活環境の変化だったと思います。一緒に時間を過ごすことはほとんどなかったにしろ、祖父の他界後は、父の教育方針に則って生活をしなければいけませんでした。父は祖父とは正反対の、封建的な日本式の生活を貫く人でした。幼少期の異文化世界での生活の反動なのでしょう。こうして私は閉鎖的な日本の、しかも「敷居の高い江戸時代風」の様式で、不条理な「年功序列型」の生活を強いられることになったのです。私自身の本質は江戸時代風の人間と全く対極の所に位置していましたので、当然父や父に従う母との間に確執が生じ、私は「家族」という概念を知らないまま、今日まで至ってしまったというわけなのです。

祖父との生活様式は、私の基礎でした。体と同時に脳に記憶されたその様式を変えるということは、ただの「困難」ではなく、「不可能」に等しいものでした。これも、私が自閉スペクトラムの人間であるということが、少なからず影響しているように思えます。

しかしながら、日本的な文化は私にとって、ある意味「物珍しい」と思える新鮮なものでしたから、偏りがあるとはいいえ、私は自然に日本的な考えも自分の中に取り込んでいくことにしました。要するに私は「和魂洋才」ならぬ、「洋魂和才」の状態で、しかも、日本的思想においては、なかんずく「大和撫子」を理想とする家庭環境に身を置いていたものですから、あまりにも両極端なものが共存する、突飛な人間性になっていったのです。

こんなわけで、私は自分の本質を「セーラ」という役回りで包みながら、必死に「誰か他の人」になる努力を続けてきました。そんな時、冒頭で述べたように、私は「世界」を知ることになってしまい、私がなろうと努力していた「他の人」の概念自体もどうやら違うらしいことに気づかされました。私がなろうとしていた「誰か」は、少しも現実味を帯びない、紙の上の存在。それ故に、私は誰ともかみ合うことができなかったのでしょう。私が「変わり者」であることは周囲の人間にとって折り紙つきの事実でしたから。

小学校の一年生までの私は、完璧に「セーラ」でした。それは、自分で納得のいく人間像でしたが、周囲に受け入れてもらえないとなると、私は再び別の「誰か」を探す必要がありました。その頃には「セーラ」の人格が、完璧に自分の性質として確立されていたので、私は彼女の性質を基礎にした、「人間らしい他の誰か」を目指すことにし、今度は「生きている人間」から、特徴を拝借することにしたのです。

特徴を拝借する対象は、大抵が「大人」でした。同年代の子ども同士では全く話がかみ合わず、そこから特徴を探し出すには、私の手に余ったからです。私は早くに、精神年齢だけが「大人」になってしまっていたので、同年代の子どもの会話に幼稚さを感じてしまって興味が持てませんでした。小学校の間の通知表を見ると私がいかに「大人びた」子どもだったかが書いてあります。あまりに落ち着きはらっているため、私の扱いには誰もが手を焼いていたほどでした。大人がそう感じていたのですから、当然ながら同世代の子どもとは反りが合わず、私はまたしても、「他の誰か」になり損ねてしまったのです。

しかしながら、私はそこで諦めるわけにはいきませんでした。この世界で生き残っていくためには、私はこのままの「私」でいるわけにはいかないのですから。

その時期の私は自分の存在に疑問を抱くだけではなく、大きな空虚感も持っていました。私は情緒反応に乏しかったために、周りの人と場を共有することができませんでしたので、心がスカスカの状態に陥っていたのです。自分があまり感情的になれないことには気づいていましたが、なぜ感じることができないのか理解できず、空虚であるとともに、私は人間性を喪失しつつあったと思います。自分には何か足りない。しかも、その何かは「人間」にとって大切なものみたい。そのことに気づいた私は、あまりに極端な考えを持つようになりました。

私は人間じゃない。何か得体の知れないもの。人間の格好をしているのに、それ以外の別の存在。これも多くの自閉スペクトラムの人々が経験していることのようです。

不安は堰《せき》を切ったように私の中に流れ込んできました。その時、私は小学校三年生。その年を境に私は「私」でいることを封印し「人間の誰か」になる努力を始めたのです。

私は手始めに、いつも一緒にいる友達の真似をすることにしました。仕草や笑い方などから始めたと思います。長い時間をかけて、生活態度もただの「優等生」ではなく、たまには廊下で鬼ごっこを楽しめる気さくな「優等生」に変化させていきました。外に出ることは相変わらず苦手でしたが、休み時間には外に出るように努め、理解できない話題の時も、みんなが笑っていれば、私も笑うようにしました。目で見えるものを真似して自分のものにすることは、とても簡単でした。しかし、目で見ることのできない人間の「気持ち」を真似することは、いかに芸達者な私の性質を持ってしても困難なものでした。想像することはできても、私には実感が追いついてきませんでしたので、どうしても少しズレたものになってしまうのです。

高校生になるまで、学校ではひたすらいじめられる毎日を送りました。私の育った環境を知らない人々にとって、私はただの気取り屋に見えたと思います。大げさな身振り手振りと、標準語。金銭的に恵まれた家庭環境。大人たちから「美人」や「バンビみたい」と形容される顔。優秀な成績。本来ならば持って生まれたものに心から感謝すべきだったのでしょうが、私にはすべてが足枷《あしかせ》となりました。

小学生の頃、一度だけ、いじめる側に立つことがありました。子どもの間では、「態度が気にくわない」というだけではなく、「なんとなく」というような理由でイジメが行なわれることが度々ありました。自分より弱い対象を見つけ出しては、よってたかって「言いがかり」をつける。それが私の小学生時代の「イジメ」でした。私は直接文句を言ったり、無視したりというわけではなく、「私、前にいじめられたな……」と言ってしまったのです。リーダー格の子に、「あの子に何かされなかった？」と訊かれたので、私は素直に答えただけだったのですが、それがのちに、皆が彼女をいじめる原因の一つに上げられてしまったのです。言わなくてもいいことだったと後悔し、自分にも人を悲しませる性質があると知った時の恥ずかしさを、今でも忘れません。しばらくすると、私の方がいじめられる立場に戻りました。いつも通りに戻ったことで、少しホッとしたことを鮮明に覚えています。

子どもという生き物はやり方は稚拙なのに、水面下で平気で人を苦しめる能力があるのですね。通知表には「優しく頼もしい、みんなのリーダー」の私しか残されていません。私は子ども特有の能力が欠損していたので、そういった意味でも、周りと同調することができず、次第に「現実の世界」から遠ざかっていきました。

孤独な生活を送ったために自立心の強い人物へと成長を遂げてしまった私は、頼りがいのあるしっかり者として定着していました。相談を受けることには事欠かず、どんな時も冷静であることを求められ、また私自身も冷静に振る舞うことに、何の困難もありませんでした。相談は真剣に受けていましたが、傍目八目《おかめはちもく》の上に私はあまり感情が働きませんでしたので、いつも双方に公平でいられたことが相談事を度々受けていた所以だろうと思います。誰かに頼られることは少しもおっくうに感じることではなかったのですが、私にとって人の相談にのる行為は、滑稽以外の何ものでもありませんでした。特に高校生になった頃には、もはや茶番劇もいいところだったでしょう。相談にのって感謝されていた私自身は、月に二回のセラピーを欠かせない状態だったのですから。
　セラピーには通っていましたが、私は決して誰にも心を開くことはありませんでした。担当のお医者様にさえ、本当のことを言うことはありませんでした。発作の頻度を伝え、お薬を処方してもらい、笑ってこう言うだけだったように思います。「大丈夫です。何とか頑張ります」と。そのお医者様はとても親切な方でした。いいお医者様だったと思います。しかし、私は誰にも話したくなかったのです。誰かが私の心に侵入してくるのが、恐ろしくてたまりませんでした。人間ではないことを知られるよりも、平気なふりをして耐えている方が私にはずっと平和だったのです。

　毎日はまるで「狩り」のようでした。得体の知れない生き物の私を狩猟者たちが追いかけてくる。とうとう追い詰められ、狭い現実世界の中で逃げ惑うことにも限界が生じましたので、私は絶対的に安全でもっと広い場所に完全に逃げ込むことを決めました。空想と現実の狭間での生活に堪えられなくなった私は、空想の世界の方に逃れることにしたのです。本来は内側に住んでいたもう一人の別の人物で生活を始めた新しい私に、誰か他の人間になろうとする気持ちや元来の「セーラ」の影は、微塵も残っていなかったでしょう。私は疲れ果て、心の内側で深い眠りに落ちていましたから。

　もう一人の私で生活をすることは、正直なところ本当に楽なことでした。彼女はとても行動的で物怖じせず、何もかも完璧にこなせる女性です。本来の私なら避けて通る道でも彼女ならば勢いで通り過ぎることが可能でしたので、私はあの地獄の日々を乗り越えてこられたのでしょう。責任感が強く、勇敢で完璧主義者のために周りとの衝突が絶えませんでしたが、彼女は決して私を支配していたわけではありませんでした。むしろ、私を守っていてくれたといえるでしょう。

彼女の存在を初めて感じたのは、自分本来の性質を閉じ込め始めた頃です。彼女の性格が完全にできあがったのは、小学校四年生でした。私には彼女が必要だったのです。大人の権力と派閥争い、必要な嘘、うわべだけの媚びと陰口。本来、十歳やそこらでは知らずに済むはずの世界で暮らすには、私自身でいることは致命的でした。もうひとりの私はまるで騎士のように私の盾になり、私を汚れた世界から救い、私の目がつぶれてしまわないように、不道徳な物事をろ過して私に届けてくれました。彼女は私にとってフィルターのようなものでした。

しかし、自分で作り上げた人格とはいえ、私と彼女は全くの別人です。私という殻の中で度々双方の意見は対立しました。自分にメリットがあるかないかだけで物事を分けてしまう彼女と、ロマンティストの私。もしもお互いが個々の人間なら、一生会いたくないと思うほど性格は違いました。

しかし私たちはどちらも極度のモラリストでしたので、社会的に問題を起こすことはありませんでした。彼女が私を操作しようとすることは一度もなく、お互いがお互いの静止役を務めました。私が放棄した醜い感情を一手に引き受けてくれた彼女は、また休むことを知らず、精神の限界を超えてしまうことがありました。その度にいつもは内側にいる私が姿を表し、涙を流すことで内に溜まった熱を冷ましていましたし、自らの衝動に呑み込まれてしまいそうになる弱い私を、彼女は必ず引き止めてくれました。

私は自分の中の殺意に負けるのではないかと怯えていた時期があります。この手でいつか家族を殺す日がくる。それが悪いことだと分かっていても、私の中で家族に対する憎しみは、そんなにも大きくなっていました。幼い頃、祖父に教わったことがあります。「自分がされて嫌だと思うことは、人にもしてはダメだよ。だから、人を殺してもいけないし、人のものを盗んでもいけない。君のお友達の家族が殺されたりしたら、そのお友達はとても悲しむよ。お前もおじいちゃんが殺されたら、嫌だろ?」と。

私の中で、殺意は一番「いけない」ものでした。だから、その一番「いけない」感情を、一番迷惑をかけられた人々に向けたのです。少なからず、「子どもは生まれてくる家庭を選べないのに、あなたはとても恵まれすぎている」という理由で、私は何度もいじめにあっていた上に、実際は、さほど恵まれた環境でもなかったからです。しかし、理性を失うことは私が一番恐れていたことでした。たとえ病気が原因であったとしても私の中では何の理由にもならないことです。誰かを傷つけるだけでなく自分も傷つくでしょう。後悔し、私は私を許さないはずです。

病気を逃げ口上にせず常に理性的であるのは、私が自分を大切にしている証でした。その威厳だけで生きてきたのです。そして、私が理性を失いつつあると知っていた彼女は迷わず入院することを決め、私はその日のうちにお医者様に入院する病院を手配して頂きました。大学一年の夏のことでした。

入院生活自体は長くはありませんでした。しかしその間、私は一歩も病室から出ず、ただひたすら、自分の中の殺意と葛藤を続けました。一日中枕に顔を押し当て、声を押し殺して叫び、部屋の中を何度も何度も徘徊して泣き続けました。入院生活の間、もう一人の私は一度も現れませんでした。なぜなら、この地獄を乗り越えなければいけないのは殺意を抱えている方だったからです。そんな恐ろしい感情を抱えているのが本来の私の方だったとは、自分でさえもその時まで気づいていないことでした。威厳を持って生きてきたなど、何という思い上がりだったのでしょう。私は恥ずかしさでいっぱいでした。

精神的な病の治療には無理は厳禁です。時間をかけて誰かが見守ることが、一番の特効薬でしょう。しかし何よりも必要なのは、患者自身が治そうとする意志を持つことだと思います。克服するための道に一歩踏み出してしまえば、そこに甘えや感傷はなく、体中を引き裂かれるようなジレンマとの戦いが待っています。「きっと乗り越えられる」などというきれい言は通用しない世界です。自分の中の醜さと弱さに立ち向かわなければならないのですから、誰もが絶望と諦めにさいなまれるでしょう。簡単なことではありませんし、その道を歩いている人のすべてが出口を見つけられるわけでもありません。その道は細く、脆《もろ》く、少しでもバランスを失ってしまえば奈落の底です。真っ暗闇の中で進んでいくのですから、慎重に渡ることも必要でしょう。

だから時間が大切なのです。そしてその道を通れるのはその人だけだということを、本人も周りも知ることが重要でしょう。残念ながら誰も一緒には歩けないのです。ただ、その人が一日でも早く出口にたどり着けるように、一人でも多くの協力者がゴールで明かりを灯してあげること。それだけで、絶望の旅路は希望への道に変わっていくと思います。両親は私を見捨てませんでした。その事実は大変幸運なことだったでしょう。

こうして二十二歳のある日、私は突然我にかえりました。それは、十何年ぶりの本来の「私」に戻った瞬間でした。ひどく妙な感覚でいっぱいだったのを覚えています。確かに生きてきたはずなのに、昨日まで何をしていたのか思い出せず、気がついたら二十二歳になっていたのです。中学生になる少し以前から私の記憶はおぼろげになり、大学での生活を辛うじて覚えていることができた他は、私の中から失われてしまいました。そのことをとても残念に思うと同時に、何とも言えない安堵感があるのも確かです。フラッシュバックで悪夢にうなされる以外は、私は苦しまずに生きていけるのですから。もう一人の私は辛い記憶と共に消え去り、私が自分で持つべき「人間の負の感情」を置き土産として残してくれました。きっと私と彼女は一人の人間として同化できたのだと思います。

若い時の苦労は買ってでもしろ、と言われることがあります。確かに苦労することで人間は成長し、強くなれるでしょう。でも実際のところ、本来ならばしなくてもいい苦労は人間の心を脆くし、時には貧しくもさせます。

正直なところ、この苦労をしていい経験になったとは言えません。私は強くなり自尊心も得ましたが、あまりに多くのものを失いました。卒業アルバムのメッセージを読みながら、私はどんな女の子だったのだろうと考えることがあります。私も誰かのアルバムにメッセージを書いたかしら、などとも考えますが、大抵は答えを出す間もなく、本棚の奥にしまい込んでしまいます。私はまだ若く、これからの人生で楽しい思い出を作ることは充分に可能ですが、今はまだ、失ったものと正面から向き合う勇気は持っていないようです。

幸運になるための種は苦しんでいる人の中にもきっとあります。しかし、キレイな水や太陽の光や肥えた土壌がなければ芽が出ないのは当たり前です。忘れないで下さい。あなた方一人ひとりの思いやりが、誰かの幸運の芽を育てることができるかもしれないということを。そして、この本は私からの幸運のおすそわけです。

怒涛の「なせばなる」人生

小さい頃はできないことの方が多かったと思うわ。まず、基本的なこと。洋服を着たり、靴下をはいたり。私は全部、母にやってもらっていた。ボタンをとめるのは、本当に困難だったわね。私はいつも考えながらしか動けなかったので、歩くことだけみても、随分ぎこちなかったの。いつも体に力を入れているから、相当変な動きになっていたはずね。神経を集中するのは脳には大きな負担だったわ。だから、思考能力が限界まで達すると私は「からくり人形」みたいに動きが緩慢になるか、固まって動かなくなるかのどちらかだった。この運動感覚障害には、今も時々悩まされているの。

幼児期の私はそれを防ぐために、余計なことはことごとく省くように努力したわ。考えなくてすむように。そのせいで最初にぶつかった問題は食事だったわ。私は食べたものを毎回水で流し込んでいたの。噛むためにその都度顎を動かすのはとても疲れることだったから。おかげで私は毎回注意を受けることになった。「水で流し込んではダメでしょ！」とか、「きちんと噛みなさい！」とか、とにかく逐一怒鳴りつけられたわ。説明しようかとも考えたけど、それに該当するような言葉は見つからずじまい。仕方がなかったので、私は大人しく注意を受けるか、両親とは一緒に食事をしないようにするかのどちらかで過ごすことにしたわ。この二つのうち大抵は、一緒に食事をしないようにすることだったけど……。

私の場合、噛むことに関しては大きくなるにつれて自然にできるようになっていったわ。今ではよほど疲れた時、半年に一度くらいの割合で、突然顎が止まるくらい。その時は気をつけないといけないわ。注意しないと舌をひどく噛むの。一度、口の中が血だらけになったわ。「今日の野菜、野菜なのに血の味がする……」と思ったら、本当に血だったという具合なの。

さて、問題だったのは、指先を使う動作だった。靴ひもは中学生になるまで結べなかったし、お裁縫はできないに等しかった。字も下手だったわ。左利きだったことも随分と災いしたわね。右利きの人が教えてくれても私は逆のやり方に考え直さなければならないから、二倍疲れることは必至。図工と家庭科の時間は毎回、丸一日分の気力が必要だったから、そんな教科が朝からある時は、もうその時点で力尽きてしまうことになったわ。ハサミ、彫刻刀、カッター、電動ノコギリにミシン。せめて、左利き専用があったら、まだ幾分かマシだったでしょうに……。

学校では、もちろん、社会に出ても大抵はそうだと思うけど、この世界は何でも多数決で決まってしまうことが多くて、私はいつもマイノリティー中のマイノリティーだったわ。

「左利き」も強制的に「右利き」に直させられる事件が起きた。知り合いの人にお勉強を教わることになったの。小学校一年生の終わり頃だったわ。

その人は筋金入りの教育者で、実際はお勉強だけでなく、お行儀までもみっちりと叩き込まれるはめになったわ。決してお行儀の悪い子どもではなかったけど、それまでの私は祖父から受け継いだ西洋流儀の生活しか経験がなかった。それなのに、飛び込んだ場所は封建的な江戸時代風なお行儀を要求される世界だったわ。それだけでも衝撃的だった上に、左手で字を書き始めた私は、ピシャリ、と、突然手の甲を叩かれたの。叩かれて驚いたのは事実。だけど、「よくも！あなた、よくも私を叩いたわね!!」という気持ちの方が強かったと思うわ。「右で書きなさい」と先生は言った。私は負けずに「左利きは生まれつきなので、右では書けません」と言い返したの。「書きなさい！」と先生はもう一度そう言って、無理矢理、鉛筆を右手に持ち直させたわ。「書けるはずです」とも言った。

そんなわけがあるはずもないので、私は鉛筆を置いて、先生を睨《にら》みつけた。その様子は、ヘレン・ケラーとアニー・サリバン。まさにそれだったわ。今考えれば、それがマズかった。先生にたてつく人など滅多にいなかったので、私は「根性のある子ども」と誤解されてしまったの。随分あとになって先生に言われたことがあったわ。「この子は鍛え甲斐があると思いましたよ」ってね。

その先生とは今も親しくさせて頂いているわ。私がたくさんのことを出来るようになれたのは、間違いなくその先生のお陰。とにかく、私の「なせばなる」人生はこんな風に幕を上げたの。

みんなができることが私にはできない一方で、私は特殊なことの方が得意だったと思う。音楽はその顕著な例ね。一歳半になる頃には、どんな音階でも完璧にとらえることができたわ。間奏の音まで一つ残らずに口ずさむので、伯父や伯母の間では、ちょっとした「天才児」ということになっていたみたい。私の音程は決して外れることはなかったけど、それ故にみんながちぐはぐに歌う学校の音楽の時間はとても苦痛に感じたわ。あまりに上手く歌いすぎることで、子ども同士の間でからかわれたこともあった。「演歌歌手」みたいってね。

我が家は音楽一家だった。祖父は社交クラブの支配人をしていたこともあって、ジャズやクラシックが大好きだったわ。私にダンスの素晴らしさを最初に教えてくれた人だし、父は父で、日本が「エレキ・ギター」ブームの全盛期に青春時代を過ごした人だから、高校や大学の時、親友とバンドを組んでいたの。だから私は生まれた時から音楽とたくさんの楽器に囲まれていたのね。我が家にはエレキ・ギター数本と、ドラムセットと、エレクトーンと、キーボードと、ギターを弾くための機材があふれていたわ。

私が八つの秋、父が親子で音楽をやろうと言い出したわ。その頃妹はエレクトーンを習っていたので、彼女の担当はキーボード。ドラムとギターができた父は、ドラムの方を私に押しつけてきた。有無を言わせずという感じだったわ。私は九つになる少し前だった。そんな小さな子どもに大人用のドラムセットで叩けですって？　しかも正直なところ、私は声楽かチェロを習いたかったのに……。

だけど、とにかく有無を言わせずという状況だったので、私はドラムを叩くことになってしまったわけ。ドラムの音は怖かった。特にシンバルの音は、私にかんしゃくを起こさせてばかりだった。父が叩くところをいつも見ていたのでドラム自体をマスターするのに時間はかからなかったけど、ドラムはちっとも好きになれなかったし、私の年代には絶対に通じない「ベンチャーズ」の曲は、嫌いなドラムを叩かされることよりもっともっとイヤだったわ。

小さな子どもが、しかも女の子がドラムを叩くことは、瞬《また》く間に近所に広がっていった。噂話には決まって「尾ひれ」がつくものだわ。学校の中まで噂が到達した時には、私は「大人も顔負けのドラマー」ということになっていたんだから。大人の間では好評でも、それが災いしてイジメに発展することがあって、結局は「できる子」が好きな先生たちに、正直なところ、迷惑をかけられている気分が一年中つきまとっていたわ。

困ったのは噂だけではなかった。「そういう特殊なことができるのだから、これくらいできるわよね」と、私は苦手なことまでできることにされてしまったの。難しいことができるなら簡単なことはできて当然。それが彼らの世界の言い分だった。そして、できない時についてまわるのは、この一言。「なせばなる」だったわ。勝手に「期待」を抱かれた私は、達成すれば更なる「期待」を抱かれ、できなければ「実は大したことないね」と、突然底辺まで落とされることがあったわ。

先生達はとても身勝手だった。「期待」を裏切れなくするようなマニュアルが存在しているかのように、人の持ち上げ方はみんなが同じに感じたわね。落ちればアフターケアはない世界。無法地帯と化したその世界で、私は終始、「友達」と呼ばれていた人たちからいじめられたの。先生達は自分の力で「できる生徒」を送り出したと思いたいんだわ。高校を卒業するまで、その思いは変わらなくて、私は学校の先生のことを、「サラリーマン教師」と名づけていた。すべてが彼らの実績につながることだから。だったら、普通の会社員と同じだと思ったから。

私は団体縄跳びと球技に長い間苦しめられた。団体縄跳びは本当に無理だった。ヒュンヒュンと縄の音がして、それだけで私の体は固まって動かなくなってしまった。それなのに背後から押し込まれる。縄が私に巻きついて、あちこちから文句が飛んできたわ。文句を言う時の女子の団結力って凄まじいわね。私は縄を回す係にさせてほしいと頼んだけど、ひ弱な私は速く回せないからという理由で断られてしまったわ。だけど、それが原因じゃないことを私はよく分かっていた。みんなは面白がっていたの。私にもできないことがあるということを。小学生の頃、体育以外でできないことはほとんどなく、苦手な図工も家庭科も何とかこなせていて、私は「誰もがうらやむ優等生」だったの。以前、偶然耳にしてしまったことがあったわ。「寛子ちゃんは何でもできてムカツク。ねぇ、無視しない?」

私は「何でもできるからムカツク」という感情が存在することを知らなかった。もしかしたら、私の中にもそういう感情は存在していたかもしれないけど、そういう気持ちを「嫉妬」と呼ぶと知らなかったの。私がその言葉で理解できたのは、どうやら無視されるんだ、ということだけ。

それから私は本当に無視されたし、そのあと何度も同じようなことが起こった。団体縄で苦しんでいる間も同じだったけど、私はあまり気にしなかったわ。イジメは慣れていたし、私にとっての当面の問題は団体縄を跳ぶことだったから。頭の中は縄の跳び方でパンクしそうだったわ。必死に考えている最中なのにまた押し込まれて、私は恐ろしさのあまり泣き出した。私は「泣き虫」で通っていたわね。実際、本当によく泣いたもの。みんなは私が感傷的なんだと思っていたみたいだけど、私はかんしゃくを起こしていただけだったのよ。赤ちゃんと同じね。だけど説明はしなかった。説明できる言葉は存在していなかったから。

私のクラスは団体縄跳び大会で優勝することが絶対目標で、それこそクラス中が死に物狂いの状態だった。みんながそうなのだから、私は完全に「死にかけ」の状態だったと思うわ。最悪なことに、ここでも「なせばなる」は登場してきた。私は居残り練習までさせられ、何度も何度も縄に巻きつかれたわ。「跳べるようになるまで帰さない」とも言われた。

帰してもらえないのは困ることになる。なぜなら、私はあと二時間もしないうちに例の先生の家に勉強に行かなければならなかったから。優先順位は必然的に決まったわ。そして、私は死ぬ覚悟を決めて縄の中にとび込んだ。気が遠くなるほど何度も失敗して、私は傷だらけになったわ。でも、そうしている間に私は突然跳べるようになったの。跳べたのは心から嬉しかった。約束通りなら私は帰してもらえる。先生の家に遅刻しなくてすむもの。だけど、跳べたことで困ることもあった。みんなから「ほら、できたじゃない」と言われてしまったから。私は身をもって証明してしまったの。人間「なせばなる」ということを。

私の運動機能は日によって大きな差が出る。あまり知られていないみたいだけれど、これも自閉スペクトラムの人には、けっこうよくあることだと聞いたことがあるわ。わりとスムーズに動作がはこぶ日もあれば、何もかもダメな日もあった。そのことは団体縄跳びに大きく響いたわ。「昨日は跳べたのに、今日は跳べない」ということが度々起こってしまったから。だけど、みんなには通用しなかった。彼らの世界では「そんなことあり得ない」というわけ。私は全くダメな日にも、最高にできる日の、最高の力で頑張らされ続けた。そして私はまたしてもやり遂げてしまった。

「なせばなる」事実は着々と私の中に増殖していったわ。でも、全くダメな日に頑張るのはとても危険なことだった。頑張ってしまったあとは、どうやっても頭が働かなかったわ。負担が大きすぎて私の脳はもう限界を超えていたのね。その仕組みは「限定販売のパン屋さん」とよく似ていた。パンがなくなったらお店は閉まるでしょ？　私の脳も同じ。力を使い切ったら思考は停止してしまうの。

私はいつも保健室のお世話になったわ。眠ることで少しは脳が回復するから。でも、私が保健室ばかりにいるのを好ましく思わない人たちもいて、私は「病弱」のレッテルを貼られた。「授業をサボっている」ともね。私の脳は彼らの言葉の一つひとつに反応しなければならなかった。陰では悪口を言われているのに表向きは仲良しグループだったことも私にはややこしかった。

「好き」という感情と「嫌い」という感情が同時に存在するなんて私にはなかったし、考えたこともなかったので、私には完全に理解不能だった。

いつも明確な答えが必要な私にとって「理解不能」は許されることではなかったわ。私は何とかして理由を探そうと試行錯誤した。これも自閉の特徴ね。だけど答えは出ず、それどころか私の脳は再び疲れ果ててしまって、結局のところ保健室に逆戻りか早退をすることになったりもしたの。あまりに私が早退を繰り返すので、みんなの中で私は「仮病に違いない」ということにされていた。

中学校に入学してもそれは変わらなかった。むしろ状況は悪くなる一方だった。私には性別の概念がほとんどなく、中学生の段階でも、性別の概念は、まだまだ未完だったわ。男の子だろうと女の子だろうと「友達」は「友達」という言葉で括《くく》っていたの。「先生」に「友達」に「他の人間」。私にはそれだけだった。「他の男の子や、他の女の子」なんて考えたこともなかったし、そういう考え方は知らなかった。だから私は、異性を意識することはその当時なかったと思う。

私はいつも、友達を下の名前で呼んでいた。年頃になるとその行為が、男の子に関してはたまに、「気がある」という意味合いにもとられると、私はまだ完全に覚えていなかった。おまけに私は友達になら誰に対しても同じ態度だったので、あっという間に「八方美人」ということにされてしまったわ。私は再びイジメの標的にされた。それはとても陰湿だった。物を隠されたり、身に覚えのない噂をたてられたり、脅迫めいた手紙をカバンに押し込まれていた時もあった。今でも私はその時の紙や殴り書きされた文字の質感までリアルに思い出すことができるの。アスペルガー症候群の記憶の特性が負に作用する時もあるので、私はいつも苦しめられているわ。文字で攻めてこられたのはかなりの効力があった。私にとって文字ほど理解しやすいものはないもの。手紙はA４用紙五枚にも及び、延々と私がいかに鼻持ちならない女であるかが綴られていたわ。「男子を下の名前で呼ぶな」とか、「成績がいいからといって威張るな」とか、「いつも保健室に行けると思うな」とか、とにかく彼女たちは私が「気にくわない」ということを言いたかったみたい。最後はこんな言葉で締めくくられていた。「先生とかに言ったら、どうなるか分かっているでしょうね」と。

私は「どうなる」のか見当もつかなかった。見当がつかないのはとてつもない恐怖だったわ。いっそ、「こうなる」と書いていてもらった方がずっとマシだった。学校には来るなと書いてあったので私は学校には行かないことにした。「どうなる」のかも依然として分からなかったから。学校に行かないためには欠席の連絡をいれてもらう必要があったわ。幸いなことに言ってはいけない人の箇所に「親」とは書いてなかったので、私は母に手紙を見せたの。

彼女は驚愕していたわ。「最近の子は何て恐ろしいの」とか言っていたわね。母が手紙を読んでいる横で、私は少し安心し始めていた。これで欠席の連絡は抜かりなくしてもらえる。無断欠席でもしたら大変だものね。そんなことを考えていたと思う。その時の私にとっては登校拒否になることよりも無断欠席になることの方がずっと重大な問題だったから。

それから一週間くらいは学校を休ませてもらえた。父は出張やら会議やらで家にいることが少なかったので、私は怪しまれずにすんだわ。だけど、それもばれる時がきた。ある朝まだ父が家を出ていない時間に、私は父とばったり遭遇してしまったの。私の家では一日顔を合わせないということは、ちっとも珍しくなかったわ。父も母も忙しい人たちだったし、顔を合わせたくない時も、そのためには事欠かない部屋数が充分にあったから。それなのにそんな時に限って、私は父と遭遇してしまったの。私が遅刻せずに学校に着くためには、父より早く家を出る必要があった。

父はカンのいい人で、私が病欠ではないことをすぐに見破ってしまったわ。それは本当にマズいことだったわね。無理にでも学校に行かされるのは、家族の誰の目にも明らかだった。私の登校拒否日数は十日にも満たなかったわね。父は我が家の法律で、その決定には誰も逆らうことは許されていなかった。実際のところ、私はかなり強硬に逆らってはいたけど、決定を覆すことは「勘当」にも値することだったから、逆らいきれたことはなかったの。あの頃の父なら、間違いなく、本当に「勘当」しかねない。いくら「お利口」で通っていた私でも、身一つで外に放り出されたらのたれ死ぬと考えて、最後の砦《とりで》は父に譲ることにしていたの。

父に脅迫文を読ませると、まさに烈火のごとく怒り出したわ。怒り炸裂の父を止めることは、地球上で私と同姓同名の、同じ性別の、同じ誕生日の、同じ血液型の、同じ嗜好の、同じ顔をしたような人物を一分以内に探さなくてはいけないようなものだった。要するに無理なの。父の言い分は、「お前は何も悪いことはしていないのだから、こんな馬鹿げた手紙を真に受ける必要などない。明日から学校に行きなさい。私も一緒に行って、担任に一言言ってやる。こんな生徒がいるとは全くけしからん」ということだった。

父は本当に一緒に来た。私はもう、どうにでもなれ、という気分だったわ。父は曲がったことが大嫌いな人だったし、立場から考えて、娘が登校拒否などというわけにはいかなかったのでしょうね。その気持ちは理解できた。大人の世界だけでやってくれればいいのだけど、そうはいかないらしく、そういう部分では、私は父にとても申し訳ないと感じていたわ。もう少し穏やかな方法があればそれにこしたことはなかったけど、あり得るはずもなかったの。

その次の日から私はまた学校に行くことになった。担任の先生のはからいで、とりあえず保健室から出発することになっていたの。保健室には教室に行けない子どもたちが集まっていた。一角には自習コーナーまであった。私は早速そこで勉強を始めたわ。何人かの女の子とお喋りもした。だけどそんな安息はわずか十五分程度で終わってしまったわ。保健の先生が教室に戻るように言ったの。私はすっかり混乱してしまったわ。担任の先生がここにいてもいいと言ってくれたのに、この人は戻れと言う。どちらが本当なのか分からなくなってしまったわね。「イヤです」と言うと、私はカバンと一緒に保健室の外に出されてしまったわ。

先生は教室まで送ってくれるとも言った。ここにいられないのなら私は家に帰りたかった。保健室にいてもいいから学校に来たのに。契約違反もいいところだわ! 私はとても納得できなかったの。追い出された理由を知りたかったので先生に聞くと、「あなたはできる子どもだから」なんていう身勝手な一言が返ってきたわ。「成績優秀で気丈な子だから、保健室には相応しくない。乗り越えることができるはず」と、先生はそれが筋の通った発言だと確信しているような顔で私を励ましてきたの。私は追求しないことにした。何を言っても無駄だと分かったから。こうして私は教室に戻ることになった。教室に戻ってもイジメは相変わらずだったけど。

ある日ちょっとした事件が起こって、イジメは解消されることになった。私のストレスは限界にきていたのか、体が固まってしまっただけではなく、呼吸が止まりそうになってしまったの。その当時は呼吸も意識的に行わなければならないことの一つだったわ。本当によほど疲れていたのだと思うけど、先生が発見した時、私は一分間に一度くらいしか呼吸をしていなかった。瞬きも出来ずに目は見開いたままだったわ。具合が悪いというわけではなかった。ただ疲れ切って、人間機能の最低限の位置で生きているという感じだったの。ちゃんと意識はあったし、先生が大慌てだったのも分かった。だけど私はもう動けなかった。動かなかったのではなく、動きたくても動けなかったの。

ちょうど全校集会があった時で、先生は慌てて首謀者の女子数人を呼んできたわ。「寛子ちゃん本当に死んじゃうかもよ」というようなことを彼女たちに言っていたわね。先生はとても動揺していた。私の症状を知らない先生にとっては、本当に「瀕死」に見えたのだと思う。私は先生に申し訳なくてたまらなかったわ。こんな迷惑をかけるなんて、穴があったら入りたかった。先生の言葉に驚いた彼女たちは、すぐに謝ってきた。「私はしたくなかったんだよ」と口々に言っていたわ。「悪気はなかった」などとも言われたけど、本当はあったなだろうなぁ、と、私は考えたりもしていた。

私に対するイジメはあっけなく終わりを迎えたわけ。すんだことに興味のない私はすぐに彼女たちと仲よくすることができた。周囲の人には何もなかったように見えたと思うわ。実際のところ、私は本当にすんだことに興味を持てなかったの。いじめられているわりには人の相談役になることが多くて、私はよきアドバイザーだったわ。でも、悩み事を解決する手助けをしたのに、その人からイジメを受けることもあった。私は「彼女はもう友達ではないんだなぁ」と思っているのに、次の日には感じよく話しかけてこられる。これには混乱したけど、イジメはすんだことだし、また友達になろうと彼女が思ったならそれでいいやぁ、と思ったわ。昨日までの現実に興味はなくなってしまった、というわけ。

それに、いちいち物事の結果の経緯を考えていたら、私は生きていけないわ。いつも固まらなければいけなくなるでしょ？　「なせばなる」はもう懲り懲りだったの。いじめられている間はイジメを耐えればいいし、誰かが私と友達でいたければ私はその人と仲よくした。去るものは追わず、来るものは拒まず。人間関係を考えようとする行為は、その時点で私の中からすっかり失われていたの。イジメはそのあとも何度かあったけど、私は二度と登校拒否をすることはなかったわ。結局「なせばなる」はこれで決定的になった。

私がなしてしまったのは日常生活の中だけではなかったわ。勉強もそうだった。特に算数と数学。小学校の高学年の段階で、私は文章問題にかなり頭を悩ませていたわ。機械的な計算なら得意だった。だけど文章問題はお手上げ。困ったのは、私が勉強を教わっている例の先生が数学の鬼だったこと。私は算数も数学も、いつも「五」でなければいけなかった。小学校の間は努力で何とかなった。でも、中学校に入ると努力だけではどうにもならなくなっていったわ。相変わらず勉強には行かされるし、努力で「四」を取っても先生には渋い顔をされる。私の勉強量は驚異的になっていった。とにかく頑張るしか私に選べる道はなかったから。極端な話、私は数学の時間を離れると「千円の二割引き」がいくらになるか計算できなかった。先生が読み上げた十桁近くの数字を暗記して、それを後ろからスラスラ言うのはできたのに、「六〇キロの道を時速三〇キロで往復すると、何分かかるか」はさっぱり分からなかった。興味は文章題の中身に向いてしまって、本当に速度は落ちない？　とか、途中の道が工事中だとかいう可能性は絶対ないと断言できるの？　とか、そういうことばかり考えていたんだから。

私の数学の学力は、「数学の授業」の時だけに使用するようになっていた。頑張ることしかできない私は、とりあえず教科書の例題を全部暗記することにしたわ。数字の応用くらいならテストで対処可能だったから。簡単な応用問題も努力と根性で何とかできたりもした。努力と根性といっても他の誰かが想像するより、千倍くらいの努力と根性よ。テストには必ず応用問題の応用のような問題が出る。私はその問題は解かないことに決めていた。そこにたどり着くまでに気力が沈没しているのは明らかだったからね。最後の設問ができなくても、そこまでが完璧なら充分だったわ。その成績をずっと維持していたから、中学校を卒業するまで私の数学の成績は、ほとんどが「五」だった。

私は目の前に立ちはだかる問題を次から次になしていった。学校の先生は当然私に期待していたわ。何でも完璧にやれるから。だけど、本当は無理なことを可能にしていくのにも、とうとう限界がきたの。高校に入ると私の数学の成績は「赤点」スレスレにまで落ちていった。おまけに物理だとか化学だとか、私にとっては厄介な教科も増えていったわ。努力する気力と根性はとうの昔に底をついていたので、私は手っ取り早く数学は頑張らないことを決めたわ。国語と歴史だけで充分に楽しかったから。それまでのように成績トップでいないことも気楽だったわね。誰にも期待されずにすむから。高校時代は密やかに暮らすことだけを目標にしていた。透明人間になりたかった。もっとも実際はとても目立っていたと思うわ。私はいつも「タンカで運ばれる女」だったから。

期待されなくなったのはよかったけど、今度は別の問題が浮上してきた。私はいい成績と悪い成績の差が極端すぎたから。何の教科でも平均的に頑張るように、と注意されたりもしたわ。だけど私は頑なに拒んで、悪い成績に関しては最低限の成績しか取らなかった。正確には取れなかったのだけど。別にその道を極めたいわけではなかったし、卒業できればそれでよかったの。体育は大問題だったわ。私は視覚の感覚障害のために光の刺激に弱くて、外に長くいると目が見えなくなってくるの。網戸や簾《すだれ》からこぼれる光を見ていると、きっと吐くと思うわ。

サングラスがあればよかったけど、体育の授業でかけさせてはもらえないだろうと思ったし、そんなことを言えばトラブルの原因になるだけなので言いもしなかった。サングラスがファッションとして扱われる風潮には、最近手を焼いているわ。私は冬の太陽でも目がチカチカする。冬場のお天気のいい日にサングラスをかけると、人とすれ違う度に「何で冬場にサングラス?」という顔をされるから。

高校時代は一度も体育祭に出ることができなかったわ。小学校と中学校で「なせばなる」を貫いてきた私は、高校時代はほとんど仮死状態だったと思う。体育は室内で行われる競技と体調のいい時に参加できた屋外の競技で何とか赤点は避けることができた。小さな頃と変わらず日によって体の動きと体調が著しく違う私は、周りの疑問の種だったと思うわ。属している世界が違う人間には理解できるわけもなく、度々「人間気の持ちようなんだから、頑張れ」と言われたりもしたけど、私はもう頑張らなかったわ。うつ病とパニック発作に襲われる日々で、私はもう限界だったの。それにこの頃は、解離性人格障害にも悩まされ続けていた。

私はもう頑張りたくないのに、「彼女」は頑張る。ベッドの上で可能な限り眠っていたいのに、彼女は「大丈夫」のお面をつけて、平気な顔をして、笑って学校へ向かうの。体調がそこそこの日には、ありがたかった。できる限り出席しておく必要があったから。人一倍ひ弱な「私」は、それを補っても余るほどのガッツを持った「彼女」に大抵は感謝していたわね。でも、彼女は三十八度の高熱を出している日でも、とりあえず頑張る人だったわ。本来の私はすでに熱でぐったりしているけど、彼女はそれを気力で補えたの。

毎日がうんざりするほど疲れるので勉強どころではなかったわ。自殺を考えたりもしたけど、衝動的になることさえ私にはできなかった。私はいつもまず考えなければいけない。自殺をするならどの方法にしよう。飛び降りはイヤだな。落ちた時の見た目が悪すぎる。汚いのはダメだから首吊りも却下。手首を切るのは痛そうだなぁ。薬が一番楽だけど睡眠薬はあと一週間分くらいしかない。この量で人間って死ねるのかな？　来月の分をもらってからにしようかなぁ。

色々考えているうちに何だか考えるのが面倒になってきて、毎日は同じなのだから今すぐ決めなくてもいいかぁ、という結論に達するのが日常的だったの。小学生の時はもっと妙な理由で自殺をしなかったわ。自殺を考えていても、来週あたり新しい小説の発売日が来るからそれを読んでからにしよう、とか、貯金をしていたので、どうせなら全部使ってから死んだ方がいいなぁ、とも考えたわ。自殺することよりも死んだらどこに行くのかも気になった。今度は私が属せる世界にふりわけて下さい、と、寝る前にお祈りをしたりもしていたわ。

自殺という行為自体に私はあまり興味をもてなかった。考えることはあっても、私は死にたくて自殺を考えたことがなかったから。むしろ死ぬのはイヤだったと思うわ。私にとって自殺は死ぬことではなく、考えずにすむための手段だったの。二十一歳の頃、とりあえずやってみようと思って手首を切ってみた。カミソリが見つからなかったので、裁縫箱の中に入っていた裁ちバサミで切ることにしたわ。切ってみると信じられないほど痛かった！　私が想像していた痛みとは全然違っていたの。これは予想外だったし、あまりに痛かったのでバイ菌が入ったら大変だと思って、私は母に見せに行ったわ。真夜中で熟睡中だったにもかかわらず母は飛び起きた。

母は間違いなく私が死にたがっていると思っていただろうけど、私にはそんな気は全くなかったわ。あったのは無駄に考えずにすむようになることだけ。そのためには私を理解してもらう必要があるので、その手段として手首を切ってみたの。これくらいやったら、彼らの考えも変わるんじゃないかしら、と考えたわけ。死にそうなほど疲れていたのは事実だったしね。だけどその時、私は二度と「こんなこと」やるまいと固く自分に誓ったわ。こんなに痛いのなら、多少頭を使ってでも他の手段を探す方がずっとマシだと思ったから。

話は少し戻って高校時代。相変わらず私の「なせばなる」生活は続行中だった。視覚と聴覚の感覚障害のせいで騒々しい教室にいることだけですら拷問に近かったのに、長年の経験で培われた超人的な根性のために、私はひたすら耐え続けたの。そこにいたことだけでも賞賛に値するはずなのに、私は「問題児」だった。素行不良とかいうものではなくて、体が弱すぎだった。

また、感覚障害はある特定の場面でのみ起こるので、そういう意味でも問題があったのだと思うわ。私がアスペルガー症候群だったっていうことも、アスペルガー症候群には感覚障害が伴うということも、知られていなかったから。私が混乱を起こすのは、団体行動の場面が多かったの。しかも、団体行動という特定の場面は学校生活の八割にも及ぶ。そういうわけで、私は絶えずパニック状態に陥った。黒いグルグルした渦巻きが私の体内にしのび込んで、次第に体の中全体が真っ黒になっていく気がしたわ。渦巻きをこれ以上取り込まないようにするためには思考を停止させるしかなかった。だけどこの世界では「気の持ちよう」で片づけようとする人間が大多数を占めていたので、案の定、私は頑張らなければならなかったわ。「伝統のある進学校の一生徒」という看板も私には足枷でしかなかった。

高校二年の年は、人生で一番の試練の年だったと思う。私はほとんど起き上がれない状態にまでなっていたわ。下の血圧が五十を切るのが日常で、上だって八十に届けば「元気な日」だったわ。私は血圧を上げるための薬も服用していた。その副作用は凄まじかったわ。吐き気のせいで食事をほとんど受けつけなくなっていたので、私の体は日増しに衰弱していったの。少し食べては吐き、何も食べなくても逆流した胃酸を吐いていたりもした。その一年間はベッドの上か、トイレでうなだれているかの二つしかなかったわ。

学校に行けない日々が続いたのでもちろん単位も危うくなったし、何より、「気の持ちよう」で何とかなると考えていたのは両親も同じだったので、私は急き立てられるようにして学校に行かなければならなかった。きっとそんな中にも楽しいことはあったと思う。楽しそうに笑っている写真が何枚もあるから。笑っていたのは私じゃなくて「彼女」だったから、どうやって笑っていたのか、どうやって歩いていたのか、どうやって息をしていたのか、今では何も思い出せないわ。高校三年間の記憶は、私の中からほとんど失われてしまっているの。

闘病以前はかろうじて覚えていられたけど、あまりに過酷な闘病生活のせいで、本当は辛かった中学校中盤から高校終了までの記憶を失ってしまったわ。その後、解離性人格障害が完治できた影響もあったはずね。私は人生のほとんどを別の人格で生きてきたから。私の「辛かった人生」の記憶で残ったのは、けたたましい騒音と止まない眩暈と、五本の指でも優に余るだけの「誰か」だった。だけど、顔は浮かんでも肝心の「誰」なのかは思い出せなかった。

私はかろうじて残った「誰か」を知りたかったので、手当たり次第に調べることにしたわ。卒業アルバムやアドレス帳。顔と名前の照合は母に手伝ってもらった。少しは支えも欲しかったので、しっかり顔を覚えていた、遥か以前に引っ越した幼なじみの家に連絡を取ったりもしたわ。彼との思い出は、私を辛うじて浮世離れさせない大切なものだった。

私には彼を忘れない理由が二つある。一つ目。彼は私を初めて公然で笑いものにした人なの。私は生まれた時から、人に笑われたことがなくて、何か失敗しても、周りが慌ててヨイショするような生活しか知らなかったわ。不思議な生活だったけど、私はすっかりその生活に慣れていたのね。小学校一年生の途中。彼に「歯抜け」と指をさされて笑われたことは、その時点で「人生最大の屈辱」だったの。彼は私を始終からかった。ある時本当に頭にきて、「ばかぁ」と言いながら追いかけたの。私は、走りながら恐怖に慄《おのの》いていたわ。もし、そこが我が家の近くだったら、家の人間にバレて大変なことになるはずだから。とんでもない叱責を受けるはずだわ。

私は彼を追いかけながら、「自分の立場」をわきまえない自分を責めなければいけなかった。

だけど、私は誰にも怒られなかったの。少なくともその場所でだけは、私はただの子どもになることが許されたらしく、彼のせいで私は多少お転婆になった。もちろん、お転婆になる素質が充分にあったとは思うけどね。だけど、私には何よりも大切なものだったわ。一日ほんの数時間だけでも、楽しいと思うことができたから。辛い時間は、その「楽しい時間」より何倍も多かった。

三パーセント程度の楽しい時間のうち、半分は彼との思い出だと思うわ。彼のお陰で出来るようになったのは、悪態をつくことと、給食を食べること。「すき焼き」さえお皿につぎ分けられたものしか見たことがなかった私には、給食は拷問と同じだった。刑務所にいれられたのだと思って、全身から血の気がひいた給食の初日。居残り給食の常連だった私が食管から注がれた食べ物を見ても平気になれたのは、彼が私を馬鹿にして、私の闘争心に火を点けたからなの。

彼は私にとって心底腹立たしい人間で、祖父以外では唯一、「自分」でいることの出来る相手だったわ。彼は意地悪だったけど下品ではなかったし、私が一緒にいても平気だと思える「他人の生活を詮索しない」というルールを持っていた。都会から引っ越してきたこともあると思うけど、都会にも詮索好きの人はいるから、やっぱりルールを持ち合わせていることは大事だったと思う。そして、時々こう思った。気を遣わずにすむ家族って、こういう感じなのかしら、って。

それが二つ目の理由。

最近母にそのことを話したら、そういう感情は「寂しい」と呼ぶんだってことを教えてくれたわ。少なくとも、私にとって彼は、世間一般で「家族」と呼ばれるものに一番近い人だったんだと思うの。だから、忘れなかったのね。

きっと、自閉症の人々の中にも「感情」はあると思うの。私は「寂しさ」や「辛さ」というものを確かに感じていたから。でも、名称と内容が結びつかない状態で生活をしていた私にとって、「感情」はないものと同じだった。

「喜怒哀楽」の名称だけではダメ。「どう感じる」という内容だけでもダメ。二つが結びついて、初めて「感情」になるのだと思うの。普通の人は、名称がA群で内容がB群だとするなら、正解が書かれた紙を持ち合わせて生まれてくる。だけど、自閉症の人々は、たとえ紙を持っていたとしても、答えが書かれていないから、長い間経験を重ねて自分で結びつけなければいけないの。結ぶための線は、中にはとてつもなく長いものもあって、余裕で「年」という単位を要するときもあるわ。今の私は、毎日生活を送りながら、同時に線の結びつけの作業も行なっているの。はっきり言うと、面倒くさいわ。「喜怒哀楽」と書かれていたって、四つは細かく枝分かれしていて、またそこから、さらに枝分かれ。笑っていても、「楽しい」だけではなく、「嘲笑」や「失笑」があるから、まるで数学の応用問題をやっているみたいな気持ちになるのよ。そして、まさに感じているの。「あぁ、鬱陶しい。誰よ、こんなに色々な感情作った人はっ」って。これは「怒」の一種よね。

ゼロとまではいかなくとも、限りなくゼロに近い場所まで戻るはめになったので、突然「私、私を忘れてしまいました。私を覚えていらっしゃいますか?」なんて言って、色々な人に迷惑をかけてしまったと思うけど、その時の私にはそれしか方法が残されていなかった。ただし、そんな努力をしなくても一人だけ普通に覚えていられた友人がいたわ。彼女はいつも私の体を気遣い私を心から心配してくれていて、高校卒業後も手紙のやり取りをしていたから。彼女との交流は私にとって宝物の一つ。どこかに遊びに出かけたり、長話をしたりする類の友情ではなかったけれど、彼女とは友達でいたいなぁ、と、自分から思えるほどだったわ。

彼女とは本格的な闘病に入る前に一度再会をしていた。就職準備で多忙にもかかわらずお見舞いに来てくれたの。再会したおかげで覚えていられたのかどうかは確かではないけれど、とにかく私は彼女のことは覚えていることができたわ。

度重なる欠席と欠課のせいで単位が規定に満たなかったけど、私は何とか三年生に進級できた。その背景には先生方の多大な苦労と足らない単位に相当する課題を出すなどの恩情措置もあったと思う。だけど、私の努力も知っていてもらえると少しは気が楽になるように思うわ。

最後の学年になった頃は、もう何も感じなくなっていた。正確には、意識が途絶える間際にならなければ感じることができなくなっていたわ。だから他の二年間に比べると、その一年は私にしては随分普通に過ごしているはずだと思う。何も感じなくなるのは本当に恐ろしいことだわ。感じなければ元気であるのと同じだったので、私は頑張ることにしたの。センター試験も受けたし大学にも何校か合格した。期待されていた生徒と違って難関の大学を薦められる心配もなかったので、あまり無理をしなくてもいい成績を取れるくらいの大学を選んだわ。ずっと以前に知り合いから、「ハーバードのCより、アリゾナのA」というような言葉を聞いていたので、有名大学の名前に興味のなかった私は、進学校特有の「負け組劣等感」にさいなまれることもなかったわね。進学校に行けば行くほど、あたりは「サラリーマン教師」で溢れかえる。何を勉強したいかではなく、該当する偏差値の中から大学を選ぶことが暗黙の了解みたいになっていて、それが私には一番の謎だった。大学に行きたいから行くの？　行った後、何するの？

ひどい眩暈《めまい》と一緒に、とても屈辱的な記憶がわずかに残っているわ。私は欠課と欠席が多かったから、望んでいた大学の推薦を断られた。「推薦入試」を体力も学力も恵まれた学生にだけ適応する制度には落胆したけど、その落胆を通り越して「怒り」に変えたのは、先生のこの言葉だった。「県内の短大なら推薦できるよ」

いつもは理性的な私でさえ、その言葉には瞬時に頭の後ろ側の血管が、「ぷちっ」とではなく、「ぷちっ」と、かなり張り詰めた音で切れたわ。私は美術史か考古学が勉強したかった。そうでなければ、古文書が勉強できる大学に行きたかった。それが勉強できないのなら、私の中で「大学進学」はお金の無駄使いだったわ。紹介された県内の短大に私の学びたい分野はなかった。あんなに苦しくても必死に通った学校なのに、こんな記憶しか残っていないのはガッカリするわ。「負け組劣等感」という特有な意識が、私の高校にあったかどうかは知らない。でも、どこもかしこも「サラリーマン教師」で溢れかえっていた。幸いなことに、私が選んだ大学では驚くほど素晴らしい教育を受けることができたわ。教授陣もとても充実していたもの。

私の人生は「なせばなる」の連続で、その結果私はほとんどのことをなすことになってしまったわ。大学進学に関しては、とても学びたい分野があったから自分で進学を希望したのだけど、それ以外のことは望んだことではなかったわね。もちろん「なせばなる」を実行したおかげで今では私の日常生活を送るための技能にほとんど支障は感じられない。それはそれでよかったわ。でも一方では、あんなにも頑張らなければ私はもう少し穏やかに生きてこられたはずだとも思うことがあるの。

大学進学後も私の病状は一向に変わらず、結局は中退することになった。不思議と講義を受けている間は、あまりの楽しさに吐き気も眩暈も感じなかったわ。先生の話を聞き、ノートを取り、図書館で勉強している時間は、私にはオアシスと同じだった。

私はたくさんの人を見ると、頭が混乱するでしょ？　それを避けるために、できるだけ前に座ったわ。期末試験前に学生が三倍増しになるのには手を焼く以上に、「いつもはどこにいるの、あなたたち……」という疑問の方が勝っていたみたい。どんなに眩暈がひどくても、その講義の十分前までトイレでうなだれていても、私は講義が受けたかったから、必死で頑張ったわ。でも、勉強が終わると再び吐き気とめまいが襲ってくるから、少しでも体力を回復させるために、その都度マンションに戻って眠らなければならなかったの。大学から十五分程度のところで生活をしていたのだけど、講義が終わっては帰り、少し眠って、また講義に出る。そういう生活は、ただでさえない体力を消耗させる原因になったわ。

尽き果てるのは、時間の問題だった。大学一年の夏、解離性人格障害もピークを迎え、入院をして自分と戦いながらも、夏休み明けには「大学に必ず戻る」という目標を希望の光に変えて、私は歯を食いしばったわ。そこまでして残りたかった大学を、中退しなきゃダメかもしれない。悔しくて何ヶ月も泣いて、その上の決断だったわ。その年私は「いまわの際」までも体験した。私はその時「カツ丼」って言ったのよ。なぜカツ丼だったのかしら？　普段は食べられないのに。だって私は卵アレルギーだもの。だけどその時は、確かに「カツ丼」って言ったわ。それを食べないと、絶対に死ねないと思った。「カツ丼」のせいで地縛霊になるんだわ、と思ったのよ。

そんな不思議なことを体験しながら私は根性で大学生活の二年間を乗り切って、通信制大学に編入可能なだけの単位を修得したわ。病気が治れば、また勉強できる。それは大きな心の支えになったと思うの。体に鞭打ってまで大学に進学したのだけど、それを後悔することは一度もなかったわね。勉強は「夢中になれるもの」だったから。そして、とても素晴らしいお友達ができたから。辛いことを忘れさせてくれる何かは、とても信じられない力を発揮するわ。

闘病中、私は八割方起き上がることさえできなかった。病床で世界地図を広げて、色々な国の美術館を思い浮かべては、寝たきりで何もできない自分が悔しくて、一日中泣いて過ごす日もあったわ。涙は大きな川になって、時々私を呑み込むような大荒れの日もあったけど、必死に泳いだ私の根性に免じて、私を岸に戻してくれた。通信制大学は、病み上がりの私に親切だわ。もちろん脳にはたまに不親切な時があるけど、頑張れば私はあと一年で卒業できそう。今も卒業を目指して毎日講義を受けているところよ。とても楽しいわ。勉強は好きだもの。

私はいつも疑問を抱きながらも言葉通りに「なす」努力をしてきたわ。そうしなければいけないのだと考えてね。それは、私が「自分の怠慢」でできないのだということを信じて疑わなかったから。できなければ自分を責めた。

今でも自分を責めるけど、本当は責める責任のないことなんだとお医者様がおっしゃったわ。私はマインドコントロールにかかっているのと同じで、かけたのは「普通にできる人が基準」と勝手に決まってしまっている世の中の風潮だともおっしゃった。

まだ、私のマインドコントロールは完全には解けていないわ。光が眩しすぎて目が見えなくなる時。換気扇の音に怯える時。人の気持ちが摑めなくて戸惑う時。基準に合わせようと私は頑張るから。でもそれは、車椅子の人に「何とか頑張って歩いてみろ」と言っているようなもので、そう考えると、理解されない環境で生活をすることは、苦痛以外の何ものでもないの。アスペルガー症候群の症状は決して怠慢なんかじゃない。上手くできないで一番苦しんでいるのは当の本人だって分かる?

できない理由の説明になる言葉も存在しない世界で私たちは生活をしなければならない。二つの世界は一つになることはないけれど、それでもみんながアスペルガー症候群の世界を知ってくれることで、二つの世界が交わることは充分に可能だと私は思っているの。

ココロとカラダ

心と体は密接な関係にあるわ。ずっと精神を患ってきた私は、当然体も弱かったわね。今回本を書くときに編集の方とお会いしたら、何人もの自閉スペクトラムの人たちと会ったことのあるその方は、自閉スペクトラムの人たちはそれぞれ性格が違うけど、訴える身体的な不調が似ていると言っていたわ。意外に知られていないことなので、ぜひ覚えておいてほしいわね。

とにかく抵抗力が低かったせいで、本来なら私の年齢ではかかるはずもないような病気を体験しなければならなかったし、ただ風邪をひいただけでも、色んなものを併発していたわ。「風邪は万病のもと」なんていうけど、あれは絶対に本当よ。大変だったのは体が弱いということだけではなく、体のある部分の成長が著しく悪かったということね。

私はいつも身長は平均よりも十センチも高かったし、生理も十一歳の時に来たからまあまあ普通だと思うけど、胃腸の働きがひどく悪かったせいで、体重がちっとも増えなかったの。何を食べても下痢ばかり。生きていく上で必要最低限のものだけしか吸収していない、という感じだったわ。身長が一五〇センチの時も三十五キロ。一六〇センチに伸びても三十五キロちょっと。私は痩せっぽちというよりも、完璧に痩せすぎだったと思うわ。まるで金太郎飴をつくる途中みたいにヒョロヒョロと伸びていって、中学校に入学した年に一六二センチまでに到達。だけど体重は、三十九キロと四十キロの間を行ったり来たりしている程度しかなかったの。

私は早くも小学生の間に「胃潰瘍」を経験したわ。この病気には大学生の頃まで苦しめられ続けたわね。朝起きると早速吐き気がし始めて、それは起きている間ずっと続くの。つわりを経験したことのある女性なら、きっと分かってくれると思うけど、あの気持ち悪さといったら、もう最低！　小さな頃の私はいつも洗面器が必要だったし、大きくなってからは一日のほとんどをトイレで過ごしていたように思うわ。何てロマンチックとは程遠い毎日だったのかしら！

生理が初めて訪れた頃、私は「十二指腸潰瘍」の心配もしなければいけない状態だったために、「これって、生理なのかしら？」とは想像もしなかったわね。私が思ったのは、「血便だわ！」ということだけ。大腸ガンにでもなったんだわ、と、トイレの中でひとしきりうろたえたあと、抗がん剤の治療で苦しむ自分を想像してショックでまた下痢をして、さすがにその時は、不幸が全部私の上に落ちてきた気がしたわ。そういうことを半年以上続けて、やっと生理だって気づいたのよ。

生理は精神状態と密接な関係にあるから、ストレスの多い生活を送っていると生理不順になったりするけど、私は生理が完全に止まったことは一度もなかったわ。精神的な病でなかったら、私はきっと、かなり強靭な肉体の持ち主なんだと思うわね。ただし、私はずっと無排卵だったみたい。これは長く服用している抗うつ剤のせいだとお医者様がおっしゃったわ。将来子どもが欲しいかどうかは考えたことなんてなかったけど、排卵していませんなんて言われると、それはそれでショックだったの。欲しくなった時にも抗うつ剤のせいで無排卵のままなら、私は子どもが産めないってことだもの。しょげかえった私は、家に帰ってから泣いてしまったわ。その時点で子どもが欲しかったわけでもないし、不妊だと断定されたわけでもなかったけど、とても悔しかったの。精神的な病は、こんな所まで足を引っ張ってくる。それがとても悔しかったのね。

私は一時的に薬を飲まないようになってしまったの。この時に、抗うつ剤がどれほど効き目のあるものだったかを思い知ったわ。しばらくの間、私は気分が少しも晴れず部屋の隅っこで腐ってばかりいて、何も手につかない状態はまさに「うつ」だったと思う。ラッキーだったのは、私が「うつ慣れ」した性格だったってことね。そして状況把握の仕方が、人よりも少しだけ上手だったのだと思うわ。楽天的な性格は、辛い生活の手助けのために与えられた贈り物のようなものね。私にはいつも心がけていることがあるわ。たとえ最低の状況下でも、その中の最高の位置で生活をしていくということ。「うつ」にだってレベルがあると思うの。もちろん「うつ」であることに変わりはないわ。だけど、ひどい状況の中の一番上と一番下では、まったく住み心地が違うものなのよ。

確かに、無理はすべきじゃないわ。だけど最低の状況下に慣れてしまったら、結局は自分を苦しめることになると思うの。私がしているのは脱する努力じゃなくて、脱しやすくなるための努力。そのためには自分が「うつ」なんだと気づくことと、「うつ」なんだと認めることが大切だと思うわ。そしてある日、自分が脱していることに気づく。

「うつ」は度々やってくるけど、その都度通り過ぎればいいんだわ。その補助として抗うつ剤を服用するの。こうやって私は再び抗うつ剤を服用するようになったわ。

女の子にはいつか必ず生理が起こるものでしょ？　少なくとも抗うつ剤を服用している女の子には、基礎体温表をつける習慣を持つことをおすすめしたいの。そして、抗うつ剤のメリットとデメリットを把握しておくと、うんと生活しやすくなると思うわ。

最近では小さいうちにアスペルガー症候群だと気づくケースも増えてきているから、もしその子が女の子だった場合、お母さん方は抗うつ剤が女性の体にどう影響するかを把握されておくといいと思います。私は今でも薬の服用を続けているけど、排卵が起こる月もあるし、なければ「少しストレスを受けたのかもしれないわね」と考えるようにしているわ。そうやって精神を健康に保つようにしているの。

精神を健康にすると、不思議なことに私の体にも少しずつ変化が現れはじめたわ。

一番驚いたのは、何といっても脂肪がつき始めたことね。それまでの私といったら、痩せ方の凄まじいこと！　こんな飽食の時代に、まるで栄養失調みたいな体つきだったわ。結局のところ背丈は一六七センチまで伸びたのに、体重は相変わらず四十キロすれすれだったんだもの。洋服を着てしまえば体型はごまかせるけど、脱いだら本当にすごかったのよ。下流まで流れついて、すみっこで漂っている小枝みたいだったから、周りの大人からはいつも「骨皮筋子さん」なんて呼ばれていたわ。モデルを職業としている人ならウエスト五十三センチは誇らしいでしょうけど、私には惨めな気持ちしか与えてくれなかったの。制服のスカートを補正に出した時、採寸してくれた人が笑いながら「まるで一反木綿じゃないの。こんなにウエストを縮めたら、ひだが二、三本減るよ」って言ったけど、私には笑い事ではなかったわね。あんなに自分を恥ずかしいと思ったことはなかったわ。

私はスリムじゃない。背の高い痩せすぎ。何を食べても下痢ばかりで、少しも代謝を感じないガリガリののっぽ。みんなが私の体型を羨ましがったけど、その羨望が私には一番の苦痛だったわ。そしていつも思った。そんなに痩せたければ、病気でもすればいいじゃない。毎日微熱ばかり続けば、否が応でも痩せられるわ。微熱は長年私を苦しめた。食欲がなかったのは、きっとそのせいだと思う。

あまりに長い間栄養不良の状態が続いたから、私にはほとんど脂肪がついていなかったみたい。というのも、病気が順調に回復の兆しを見せていたある日、私は初めての感覚を山ほど味わうことになったからなの。ベッドから下りたら、なぜか真っ直ぐに立てなかったわ。まるで分厚い生肉の上に立っているみたいな感触が足の裏全体を襲ってきたの。何度かその場で足踏みをしてみたけど、その感触は少しもなくならなかった。妙な感覚は足の裏だけじゃなく、まさにどこもかしこもだったわ。腕も腿もお腹も背中も、みんな生肉をくっつけられたみたいな感じがして、とても気持ちが悪かった。全身が肉球になったみたいだったわね。そう言うと誰もが変な顔をしたけど他に例えようがないし、一番的確な表現だと思うわ。足の裏にも脂肪ってあるのね。何とも当たり前のことなんでしょうけど、私はその感覚を知らなかったの。だから、いきなり到来したこの新しい感覚にはしばらくの間手を焼くはめになったわ。床を歩く時。絨毯の上を歩く時。畳の上を歩く時。私は皮膚から直接骨に伝わる感覚しか知らなかったから始めのうちは脂肪の感触がひどく不気味で、どこをつけて歩けばいいのか分からずに、爪先立ちで歩いていたの。座ることも苦痛だったわ。柔らかいクッションや布団の上ならいくらか我慢できたけど、椅子に座るのは困難だった。お尻に脂肪がついて、同じく生肉の上に座らされているような気分がしたからよ。洋服の生地が肌に触れるのも、とても不愉快だった。幸いに夏だったから、私はずっとタンクトップに短パンで過ごしたわ。人に触れられるのが一番辛かったわね。肩を叩かれただけで、悲鳴を上げるくらい驚かなければいけなかったから。できれば私の周りを通らないでほしいとも思ったわ。風の感じ方だって、脂肪がつく前とあとではまったく違うのよ。当然、水の感覚も違うからお風呂に入るのは苦労したわ。シャワーを浴びるのはとても痛かったし、頭皮も脂肪がついたらしく、ブニブニした感触で気持ち悪かったの。

ほんの一、二キロの体重差で、私の体は別物に生まれ変わったわ。ウエストが二、三センチ増えただけで、女性の体ってこんなにも柔らかみが出るものなのね。肩甲骨はもう鶏の手羽先じゃないし、腕もお腹もえぐれてない！　新しい感覚に慣れるために半年以上は不自由な生活が続いたけど、夢にまで見た体重増加に私はしばらく狂喜乱舞だったと思うわ。

なぜ私の成長は止まらなかったのかしら。時々真剣に考えることがあるの。私の体はまるで一時的に休憩でもしていたかのように動き始め、今は成長期の真っ只中よ。成長が止まってしまった子と私の間には、何の違いがあったのかしら？　これまでの経過をデータとして記録しているわけではないから、医学的な見解からは私にはさっぱり分からないわ。だけど、人間の体は医学書には載っていないことの方が圧倒的に多いのかもしれないわね。それが精神と関わることなら、良くも悪くも中身は無限に広がっていくと思うの。そういう意味で、「病は気から」って言うんじゃないかしら。

精神的に落ち込んでいる人に「病は気から」なんて言う人は、私は好きじゃないわ。考えなしよ。自分が落ち込んでいる時に言われたら、どう？　余計なお世話だわよ。それより、一生懸命乗り越えられた人が「病は気から、なのね」って言う方がずっと素敵に聞こえると思わない？　私に同感してくれる人が一人でもいたら嬉しいと思うわ。

鏡に映る度に絶望的になる体つきだった私は、今ではちょっぴり痩せっぽちくらいまでに回復したわ。やっぱり人よりは太りにくい体質だから困ることもあるけど、心はとびきり元気みたい。「心の元気」は私が一番長く続けているお薬だと思うの。そこに「希望」を少々。私は時々「頑固」と「意地」の副作用で周りを困らせたりするけど、効果は抜群。そして、あきらめないことが一番大切なことだと思うわ。私のお薬が効いてくるのだって、少なくとも十五年はかかったんだから！

第二部

アスペルガーとして生きていく

否定できなくなった「変人」

幼稚園に上がる前、近所のお店にお豆腐を買いに行ったら、「あら、もう字が読めるの?」と驚かれたわ。みんなが私を頭のいい子だと言ったけど、私は自分を特に頭がいいとは感じなかった。ただ、たまたま私の周りには頭の悪い同年代の子どもが多くて、大人は、子どもの時に勉強をしなかった人が多いんだと思っていたの。

みんなは私を「変人」と呼んだわ。ここでは、「変わった考え方の人」という意味で「変人」と使うことにするわね。とにかく、私もそれを認めていたし、特に気にとめることでもなかったみたい。なぜなら、私の周りは「変人」だらけだったから。

父方の祖父の兄弟は、謎めいた人が多いの。一番上の大叔母様は、仮面舞踏会にでも行くような眼鏡をしていて、歩く宝石箱みたいな人だった。次の大叔母様も貴金属が歩いているような格好だったから、私はずっと、この二人は宝石商か何かなんだわ……と思っていたわ。おまけに、後者の大叔母様は雰囲気が淡屋のり子さんにそっくりで、「一昨日までうちにいらしたのに、今日はテレビに出てらっしゃるわ……」と、大叔母様と淡谷さんは同じ人だと思っていたの。今思えば、その頃から人の顔を覚えるのが苦手だったのね。あと二人大叔母様がいらしたけど、一度もお会いしたことがないわ。祖父の下に大叔父様がいらしたけど、私の父でさえ生まれていない頃に亡くなられたから、全く知らないの。早稲田大学の学生で、水泳をなさっていたとしか聞かないから、我が家には貴重な「普通の人」だったのかもしれないわ。

父方の祖母の兄弟こそ、本当に「変人」だらけよ。私が知る限り、見渡す限りの「変人」だらけ。まるで「変人」の品評会。普通に主婦をなさってる方は少ないと思う。お医者様や大学の先生がほとんどで、メンデルもびっくりするような確率で「変人」がいるの。

一番変わっていらしたのは、一番上の大叔父様だと思うわ。私の祖母とは親子ほど年が離れていらして、私は「お髭のおじいちゃま」と呼んでいた。祖父が他界したあと、私は祖母に連れられて、よく「お髭のおじいちゃま」の病院に行っていたわ。祖母がそこで仕事をしていて、私を一人家に置いておくわけにはいかないから、連れていかれたのだと思うけど。彼はすごく変わった人で、男女のエロティシズムについて、昭和三十年代に本を出すような人だったわ。もちろんユーモアのあられる方で、私を可愛がってくださったけど、ある日突然嫌いになったの。

小学校一年生の時。私はショッピングセンターの屋上で、怪我をしたわ。半円形のうんていに登ってから気づいたのだけど、私は高所恐怖症なのよね。すぐに下りようと思って棒と棒の間を通り抜けたら、後頭部を釘でぱっくり。血が出ていることにはしばらく気づかなかった。何だか

「ずっくんずっくん」するなぁ、って。

母が叫んだから、突然痛くなり始めて、私はすぐ近くにあった大叔父様の病院に駆け込んだの。母は大慌て。私が怪我をしたこともあるし、その頃は、ブランコしかしてはいけないことになっていたから。きっと、私がわがままを言ったんだと思うわ。母にはとても気の毒だった。大叔父様の病院では、大騒動。看護婦さんたちには「溺愛」されていたので、私が後頭部からダラダラと血を流しているのを見て、大騒ぎだったわ。でも、大叔父様は軍医さんだったこともあって、「こんなもん、酒でもかけとけば治る」と言って、「かかか」と笑ったの。ちゃんと治療してもらったけど、その頃の私には「本気」と「冗談」の区別が分からなかったから、その日から、私は大叔父様が大嫌いになったわ。お酒かけて治るわけないでしょっ、と本気で怯えたの。

第一、祖父は米軍基地で働いていて、父たちが佐世保に住んでいた頃は、日常的に家に外国人が出入りする家だったらしいから、すでに「変わった家」の完成型になっていたみたい。祖母も女学校時代に習った片言の英語で、ポパイみたいな外国人を追っ払える、妙な肝を持った人なのだから……。

そういう環境で育つと、一芸ない方がかえって目立つから、私はとても「普通」だったわ。だけど、母方の親戚の方に行くと、私は「変人」を通り越して、「天才」ということにされていた。そこに行かなければ、私は自分のことを「変人」だとは気づかなかったかもしれないわ。

小学校に入学すると、「変人」と言うよりは、「何人？」という価値観の違いに悩んでいたから、あまり問題はなかったわね。もちろん「アスペルガー症候群」という障害名も知らなかったから、育った環境の違いだと片づけることが多かったみたい。でも、伝記なんかを読むと、「あらぁ、私みたい……」ということが度々あったから、「私も大叔父様みたいになるのかしら……」と不安になることはあったわ。

周囲との違いで一番悩んだのは、性別の概念がはっきりしていなかったこと。それは直接イジメにつながるから。色々な物の見方は、「個性」が強い環境で育つと、あまり気にならないの。だけど、学校で、まして思春期なんていう年齢にさしかかると、「男、女じゃなくて、人間という風に見ない？」という考えは通じなかったというわけ。長い間、陰口には不自由しなかった。あまりにいじめられていたので、途中からすっかり慣れてしまって、クラスが変わったあとイジメの標的にされないと、妙にそわそわした気分になったわ。いつもと違う、って。あまり感情的にならないお陰で、大事に至らなかったのかもしれないと思うと、この障害に足を引っ張られているのかそうでないのか、一体どっちなのか分からずに混乱したわ。

「アスペルガー症候群」と診断されて困惑するのは、そういう時。全て、どちらか分からなくなるから。普通の人も感じるのか、それともアスペルガー症候群の人だけか。それが一番の混乱を招くものだわ。存在自体がアスペルガー症候群的なのか、こういう人はいるけど、私はこんな風に考えるからあえて「アスペルガー症候群」に分類されたのか。診断後の憂鬱な気分を招いたのは、この厄介な思考だったと思う。私は祖父にそっくり。祖父をよく知っている人には、私は所詮、「二番煎じ」みたいなものよ。じゃあ、祖父もこの障害だったのかしら……。祖父は誰に似たのかしら……。その人もこの障害？　段々ため息の数が増えていくの。

私は本好きだけど、文字好きでもあって、文字がたくさん書かれているものなら、何でも好きだったわ。いろんな国の童話を読んでいても楽しいけど、タウンページを初めから終わりまで読みながらでも、同じように楽しくお茶を飲めたの。辞書も好きだった。「今日は、は、の所にしよう」と決めて読んだり、地図を眺めて人口割合の低い、聞いたことのない地名を探すのも好きだったわ。医学書もそうだった。幸い医学書は身近な所にゴロゴロしている環境だったから、私は片っ端から読んでいったわ。妙な知恵がついたせいで、小学校六年生の前半に「大腸がん」の心配をしたんだと思うの。ずっと下痢もするし、生理を血便だと思ったから。自閉症に関する本も何度か読んだけど、私は大抵の人がイメージする自閉症じゃないわ。当の私自身も「私は自閉症関係の障害じゃないなぁ……」と思っていたもの。

自分が当てはまる確固とした病名はとても欲しかったわ。私はすっぽり包まれるような感覚がとても好き。それは心理的にも言えることで、何か「決定的」な病名が欲しかったのだけど、実際のところ、他の誰かになろうとしていたわりには、自分を飄々と見つめているもう一人の自分がいて、「変わった考え方」はノイローゼになるほどの苦しみではなかったわね。生活をしていて一番足を引っ張られるのは「イジメ」を受けていることで、その理由が「変わった考え」のせいでも何でも、リアルタイムで起こっている現象の方が、ずっとストレスの素だったと思う。おまけに、本当に死ぬかもしれないと思うほど胃が痛かったの。

そのお陰といってはとても変に思えるけど、高校を卒業するまで、何が本当の「病名」なのかを考えている余裕がないままに、私は大学に進学し、そして、今のお医者様に巡り会った。大学に入っても、もちろん胃は年中キリキリ痛んだわ。でも、「自分の好きなことを勉強するって、なんて楽しいの」という満足感のおかげで、どうにか私は自分を奮い立たせることができていた。そして、友達に恵まれたのが一番幸運だったと思うの。実家から遠く離れた地。無理で体がどんどん衰弱していくのだけど、心がとても満たされていたわ。こんなに無条件で楽しい気分は、祖父と一緒にいるとき以来味わったことがなかったと思う。いいえ、ないと断定するわ。そんな時、「自分は何の病気なのかしら」と考え始めたの。

そりゃあ、文句なしに体は弱かったわ。だけど、本当に体だけかしら……？　私はファッション雑誌の「向いている職業」心理チャートをしながら、珍しく吐き気のないその日、ふと思いついた。「いつも、バリバリ働くキャリア向きですって結果だけど、こういうの、本格的な精神分析のチャートってないの？」って。

次のカウンセリングで、私はお医者様にそのことを伝えたわ。私が一番嫌いなのは、どっちつかずの状態。「変人」なら「変人」でいいし、とりわけ変わってもいないなら、堂々と「普通なのよ」と思って生活したかったの。お医者様は、自閉スペクトラムで知的障害を伴なわず、言語能力の高い「アスペルガー症候群」の可能性が強い、と、私に数種類のテストを勧めてくださったわ。

この障害に当てはまるのかどうかを調べるテストを受けて、私は幸か不幸か「アスペルガー症候群」と名前のついた「変人」になった。お医者様は、この病気を知らない人たちのために、分かりやすく「典型的な症状」をまとめてある冊子を下さったわ。ローナ・ウィングという精神科医さんが監修した本のコピーだった。特徴として上げられていた項目が全部目次のところに記載してあるのだけど、内容を読むまでもなく、それは、確かに「私」についてまとめた本だったわ。「大人しい赤ちゃん」――確かに私は大人しくて、でも、時々とてつもないかんしゃくもちに豹変することもあった。「素直で悪気がない」――まさしく思ったままに口にするわ。だけど、傷つけようとして言っていないもの。「暗黙のルールが分からない」――皆目見当もつかないわね。「同年齢の子どもと波長があわない」も、「話し方が回りくどく、細かいところにこだわる」も、「独特な話し方や内容より音声への興味がある」も、とても「私」だったわ。「言葉の裏の意味や曖昧は苦手で、からかうのは厳禁」と書かれてあるのを目にした時には、少し、イライラしてきたわ。私がこの障害だからじゃないわよ。「何よ、ちゃんと分かってるんじゃない！」と思ったから。私が「言葉の使い分けが苦手」なのも「真面目すぎて融通が利かない」のも、「いつも同じ行動をしないと戸惑う」のも、ちゃんとした理由がある！　とても安心したわ。でも、最後のページに「日本ではあまり専門家もいませんし、認知度も低いです」と書かれていて、結局は落胆したけど……。

もともと「変人」出現率が高い家庭に生まれたのだから、「アスペルガー症候群」だと分かって、ショックは少しもなかったわね。むしろ、「あらぁ、やっぱり……」と、恥ずかしながら、私も「変人」でした、という気持ちだったわ。はっきりと区切りがついて、身奇麗になったようにも感じたから、分かってよかったんだと思うの。

でも時々、やっぱり思考の溝に足を取られる時があって、「あ、考えてる。わ、悩んでる……」と、戸惑うときがあるのも確か。「知らなければよかった……」と感じたのは、本当に最初だけ。「これはアスペルガーのせい、それとも……」なんて考えているうちに、そんな風にやたらと思い悩むのも「アスペルガー症候群だからだ」と思えてきたの。今は、「悩んでる。ふふふ。私、人間っぽい……。あ、この問題どうしよう……」なんて、ちょっと「普通」の性質が私にも備わっていることを堪能しながら、毎日は過ぎていってるわ。

私の頭の構造

好き、嫌い、したい、したくない、理解できる、理解できない、大切、大切じゃないしなければならない、しない　（表1参照）

注意点：好きはプラス面の上座にあり、嫌いはマイナス面の下座に位置する。対角のものは交わらず、対極のものとして存在する。

私は自分の頭の中を図式化してみたの。その結果、この図式化によって、自分に欠けているものが判明したわ。私には「曖昧な物事」を振り分けるところがなかったの。そして、自分には関係のない「問題外の物事」を入れるためのスペースもなかったのね。私はいつもこの十個のどれかの箱に必ず入れなければいけなかったから、余計な物事まで考えなければいけなかったのだと知ることができたわ。曖昧な事柄をふりわける箱がないのは生きていく上で大変な問題よね。私

表1

<table>
<tr><td rowspan="2">好き</td><td>理解できる</td><td>したい</td><td rowspan="2">大切</td></tr>
<tr><td colspan="2">しなければならない</td></tr>
<tr><td rowspan="2">大切じゃない</td><td colspan="2">しない</td><td rowspan="2">嫌い</td></tr>
<tr><td>したくない</td><td>理解できない</td></tr>
</table>

にはそれがないから心が楽にならなかったんだわ。まず始めに私がしたことは、頭の中に「曖昧」と「問題外」の箱を用意することだったわね。

　頭の中に「曖昧」の箱を設けたことで、私は今まで知らなかった「気持ちの分類」を学んだの。これまで皆無だった、というよりは、どちらかにしなければならなかった複雑な気持ちの分類よ。例えば、「大切だけど理解できないところもある」や、「嫌いだけど理解できるところもある」という気持ち。私の頭の中では全てを分類する必要があったから、それらは大切であっても「理解できない」、理解できても「嫌い」に収められていたの。私の中には極端に白か黒しかない状態だったというわけ。でも、世の中は灰色の物事の方が圧倒的に多いのよね。私も「曖昧」の箱を新たに作ることで、少しは灰色の世界に溶け込めていたらいいのだけど。

　もちろん、初めから上手くはいかないわ。人生のほとんどの間、曖昧な気持ちとは無縁の生活を送ってきているから、「曖昧」の箱への入れ方が分からなかったの。いちいち考えていたら全てをその箱に入れてしまわなければならなくなるんだもの。楽になるために作った「曖昧」の箱で、私は逆に苦しめられるはめになったわ。曖昧な気持ちを一切知らなかった時の方が、よほど楽だとも感じたわね。

箱を設置した次に私が始めたのは、「曖昧」を文字ではなく気持ちで実感すること。日常生活をする上で疑問に思うことはたくさん生じるけど、私はすぐに文字化してしまう習性があるから、要するにいつも考え込んでしまうのね。「これはどれに入れるべきなのかしら?」と、箱を探すの。そこで先生が提案をして下さったのが、疑問を全てひとまず「曖昧」の箱に入れる、ということ。その箱の中にねかせておくの。その間に情報が増えて、他の箱に分類可能になることもあれば、自分とは関係のない「問題外」の箱に分類することもできるわけ。「曖昧」のままで留まる物事もあるかもしれないけど、それは再び情報を増やしていけばいい、と、こういうわけなの。

ひとまず箱に入れてしまう。この行為が「曖昧さ」を意味する、ということを実感できるように、日々努力しているところよ。

私にとっての物事の判断材料

私は毎日、人の表情と声とを手がかりに生活をしているわ。皆さんが考える「表情」と「声」とは、少し意味合いが違うかもしれないわね。私の言う「表情」はもっと緻密で、顔の筋肉の些細な動きまで含んでいるの。「声」は大抵の場合、大きさがポイントになるわ。リズムやアクセント、声の線の太さといったものも重要な手がかりね。

だけど、「声」を頼りにする時は、ある程度余裕がある時でなければいけないわ。私は人の「声」を聞いたことがなかったと、最近になって判明したの。お医者様はビックリ。当然、私もビックリ。「声」の響きは人によって違うけど、私は内容を聞き取るだけで精一杯だったから、その人がどんな「声」を発しているか確かめるまでに至っていなかったのね。

確かに私は誰かが何かを言った時、そっくりそのまま心の中で繰り返さなければ頭に入れることができなかったわ。昨年ある日突然、何かの拍子で「声」が聞こえ始めて、私は恐怖におののいてしまったの。とても奇妙な感覚だったわね。それまで人の「声」が聞こえていなかったとは思いもよらなかったから。音楽を聴くのも好きだったし、CDもたくさん持っていたわ。でも、そのことが起こってしばらくの間は、怖くて何も聴けなかったわね。道行く人々の声さえも恐ろしくて、私はずっと耳を塞いでいなければ耐えられないほどだったの。

私が好んで聴いていたCDは、その歌手のファンというわけではなくて、どれだけ音階に忠実に歌っているかだけだったと知って、ショックのあまり買い取りに出してしまったわね。残ったCDとレコードで人の「声」に慣れる訓練をして、今では、「声が聞こえて怖い」なんて言わなくなったわ。「声」が脳にどんな風に響くかを感覚として覚えたの。

そういうわけで、ほとんどの場合は「表情」に頼るしかないわけ。ここで少し表に書き出してみるわね。「声」は分かるものだけ書き出してみるわ。（表2参照）

これは、私の周りにいる人の「表情」をまとめたものだから、皆さんはご自分の周りにいらっしゃる方々の「表情」を参考にして下さいね。

私は人の「表情」を読むのが苦手でいつも困惑してしまうの。特に最後の項目の「不機嫌」は、私にとって本当に理解しにくいものだわ。大抵の人は、「不機嫌である」ことにひどく疑問に感じないだろうと思うの。だけど、私は「不機嫌な気持ち」自体を今まで知らなかったの。「怒る」にも「戸惑い」にも当てはまらない、だけど何だかイヤな気持ちを「不機嫌」と呼ぶと知らなかったの！「不機嫌」は「怒る」と似ているから、私は勘違いをしてばかりだったわ。なぜあの

表2

喜び 楽しい 好き	目が大きく開いて口の両端が上がる。鼻の穴が普段より広がる。 歯を見せて笑う。鼻にクシャクシャの縦ジワが寄る。 視線が対象物を追って動く。「喜び」に似た笑顔。
怒る 戸惑い 緊張	視線が交わらない。口角が著しく下がる。頬の筋肉が少しも動かない。 これ以上ないくらい低く喋る。「声」を発しないようにもなる。 眉間にシワが寄る。視線を下の方に度々向ける。 瞬きが普段より多い。目だけでこっちを見る。口が少し開いている。
悲しい	顔の筋肉全体が下がり気味になる。目を閉じたままのことがある。普段よりも線の細い「声」を出す。口をすぼめている時もある。瞼が重そうに見える。
不機嫌	顔の筋肉の動き自体は「怒る」に似かよっているけど、視線は交わる。ただし度々目を反らせ、どこを見ているか分からない。口は固く結んでいることが多い。普段よりやや低めの「声」を発する。

人は怒っているのかしら、という風に、私はいつも頭を悩ませなければいけなかったわね。誰かが私とは全く関係ないことで不機嫌になっている時でさえ、私は終始思い悩んでいたの。

まだ理解できない感情があっても、私は大勢の中で生活を続けなければいけないわ。この表は私にとって、その手助けになるものよ。普段と違う「表情」や「声」がどの感情に当てはまるのかを予め書き出すようになってからは、周りの人と大いに過ごしやすくなったように感じるわ。

この表を作成するには、周りの方々の協力が必要だと思うわ。私自身も作成するに当たって、周囲にかなりの迷惑をかけたもの。顔がどのように変化するかは理解できても、その顔がどの感情に分類されるのかが分からなかったから、相手が怒っていようと不機嫌だろうと、または悲しみにくれている時も、私はメモを持って訊ねなければいけなかったの。「それ、どういう気持ちの顔なの?」って。

私に悪気はないのだけど、この発言は相手の気分を害することが多いみたい。だから、協力者の方には我慢をして頂ければ幸いだわね。それから、相手の方から「こういう顔をしている時はこういう時だよ」と教えてもらえたら、なおはかどると思うから、ご協力下さい。

質問する時の原則

生活をしていく中で疑問に感じることは、それこそ膨大な量になるわ。理解できないことが浮上する度に質問をしてくる私に、周囲は正直なところ辟易していたでしょうね。もちろんそれは私がアスペルガー症候群だと分かる以前のことだけど。

だけど、私の度重なる質問が症状の一つ（私は「アスペルガー症候群」という名前のついた癖の一つだと思っているわ）だと周りが知っても、毎回すべては簡単にはいかないわね。私の尋ね方は質問というより刑事ドラマの尋問に近いらしいから、相手にダメージを与えているみたいなの。私の一言はまさに蜂の一刺し。思いきり直球で投げ込むから、それだけでナーバスになってしまうんだと思うわ。おまけに私は相手の応えに間髪を入れず次の質問を突きつけるから、しまいには相手は怒ってしまうの。「何でそんなにまくしたてて言うのよ！」とか、「いい加減にしてよ！」なんて言われてしまうのがおち。私は少しも悪気はないのよ。でも、どうやら原因は訊き方にあると判明したわ。

表3

1　質問をしてなぜ怒ったのかを相手に訊ねる。
2　私の訊き方が悪かったら、よい訊き方を教えてもらう。(例：もう少しゆっくり言う、難しい言葉を使わないなど)
3　私がアスペルガー症候群の症状のせいで相手に質問をしているということを思い出してもらう。
4　今訊ねていいのか、あとならいいのか、今後その話題に関しては質問してはいけないのかを明確にしてもらう。

私が質問をするのは、解決したい時。私は世の中のほとんどの人が従うルールを自分の中に取り込まなければいけないから、かなり必死になっていたわ。ルールは「分別」というより「ものの考え方」と言った方が適切かもしれないわね。考え方は世代背景や国民性でもかなりの差が生じるものでしょ？ だから大変なの。たとえ目上の方のルールを憶えていても、現代の若い世代には通用しないこともあるから、その度に新しいファイルに書き込まなければならないの。そして質問の嵐！ 結果、相手の顰蹙《ひんしゅく》を買う。こんな風に毎日は同道巡りになるわけなの。

もちろん、私が理解できないから質問しているということを周囲は理解する必要があるわ。これは立派に症状の一つだから。というわけで、以下は相手の理解を前提として綴るわね。

私の、言葉が大仰で古びた言い回しになる習慣が相手に威圧感を与えているのは確かだから、私は上のような方法をこの順番で行うようにしているわ。（表3参照）

質問のタイミングの問題はアスペルガー症候群に関わらず、

案外皆さんにあることですよね。皆さんと違うのは、「今訊かないで」と言われた時に、「いつ訊いたらいいの?」と四六時中考え込まなければいけないところだわね。最近は四つ目の項目を利用することで、私と質問した相手のやり取りが随分円滑になったわ。

恐怖の乗車対策

中学生の時、校外学習で行った遊園地には何種類ものローラーコースターがあって、班長だった私は必ず班員と行動を共にしなければいけなかったから、当然、ローラーコースターにも乗らなければいけなかったわ。初めてなのに回転コースター。深い絶望のどん底に叩き落された気分だったわね。「重力に逆らって猛スピードで走るなんて絶対ご免よ！」と、本当は泣き叫びたい気持ちだったわ。あとにも先にもローラーコースターに乗ったのはそれっきり。きっと二度と乗らないと断言できるわ。だけど、その時と酷似した恐怖は、案外身近な所に存在していたの。

私にとって車に乗ることは、恐怖心からいえばローラーコースターに乗るのと変わらないわ。むしろ車に乗る方が厄介な事が多いかもしれないね。ローラーコースターは豪速ばかりに気を取られるから周りの音を感知するにも及ばないでしょ？　私はそうだったの。でも、車に乗る時は聞こえてしまうわ。対向車のエンジン音も、改造車の中から突如流れてくる爆音のラップも、みんな聞こえてくるの。私はいつも半べそ状態で耐えなければいけないわ。私にとって、エンジンの音は耐え難いモノ。鼓膜の近くでボウンボウンと響くわ。まるで工場のボイラーの音みたい。もし、あなたのすぐ真後ろで突然大きな花火を打ち上げられたら？　きっと誰もが驚くわ。私にとって車のエンジン音は、まさに突然の打ち上げ花火。そこにクラクションの音が加われば、私自体が花火と化して、ドカンと爆発してしまうの。

一般道を走行する時、いったん車内に乗り込んでしまえば、音に対する恐怖は大分和らぐわね。田舎道だから、通勤や帰宅のラッシュにさえ遭わなければ、快適なドライブ。すれ違う大型車にしても一台や二台くらいなら許容できるし、それが引っ切りなしに通るなんてことはまずないから、近所にお買い物に行く程度なら私も大丈夫よ。だけど、一般道でも幹線道路になると始終唸《うな》っていなくちゃいけなくなるわ。隣の車線を他の車がビュンと通り過ぎていく度に、私は「ぐえぇぇぇ」とか「ぉわぁぁぁ」なんて唸っているの。父や母は私のその行為に、毎度かなり困惑していたわね。無理もない話。私の奇行は、ただ唸るだけではなかったから。車内の私がどんな風か書き出してみるわね。

i　対向車が通る度に唸り声を上げる。
ii　常に足を踏ん張って、シートに指を引っ掛けて座る。
iii　たまに窓ガラスに頭からぶつかる。
iv　カーブでは必ずシートベルトを両手で握り締めてバランスを取る。

v　大声で歌う。（ウォークマンを聴きながら普通に歌う時もあれば、目に入った看板の文字や前の車のナンバーを曲にのせる時もある）

一つずつ説明していくわ。ⅰは単純なこと。怖いから唸る。ただそれだけ。

次にⅱは身体を支えるためにやっているの。時速五十キロ前後で走行する道でも、私にとってはサーキット場だわ。油断すると「むち打ち症」になる可能性もあるから、常にバランスを取りながら乗車する必要があるの。そこで私は、座席に両手の親指を除いた残り八本の指を、第一関節を使ってフック状に引っ掛け、バランスを取るようにしたわ。でも、これだけだと悪路の際に不安定だから、足の指も使うことにしたの。足元に敷いてあるマットレスの毛羽立ちを、親指と人差し指でつかむのよ。この方法は実に上手くいったわ。私は以前に比べたら、かなり器用に座っていることが出来るようになったから。一つ欠点があるとすれば、長距離になると体力の消耗が激しくて、目的地に着いてもしばらく歩行困難になることね。まあ、五分も大人しく目を閉じていれば歩けるようになるから、よしとするわ。

ⅲはⅱを実行していても、ちょっと油断したり、高速道路に乗り込む時に頻繁に起こるわ。高速道路はまるで飛行場の滑走路みたい。おまけにジャンボジェット機が猛スピードで行き交う滑走路。想像してみて。あなたのすぐ真横を飛行機が通り過ぎていったら？　悲鳴を上げる人もいれば、固まってしまう人もいるでしょうね。ここで、私はⅲの状態になるわけなの。もちろん唸ってもいるわ。「ぎゃあぁぁ」と言いながら、ゴツンと窓にぶつかってしまうの。父は車好きで、私のこの行動にいつも腹を立てていたわね。「何をやっているんだ！」と、必ず怒鳴られる私は、その度にこう思ったわ。少しは私の左側頭葉の心配でもしたらどうなのよ、とね。私の習性を理解してくれたのか、今では怒鳴られることはないわ。欲を言えば、「側頭葉は無事かい？」なんて声をかけてくれたら申し分ないんだけど……。

さて、次にⅳね。カーブでは一般道、高速道路に限らず、乗車している時は必ずやるわ。私はいつも助手席に座るから、左カーブでは窓に向かって、右カーブでは運転手に向かって、相当な重力を受けるはめになるのね。左カーブ時はひたすら窓ガラスにグググと押しつけられていればいいのだけど、運転手に向かってとなると走行中によっては危険行為となるでしょ？ 可能な限り傾いて倒れてくる私に、「ちょっと！ 危ないじゃないの！」と、相手はいつも驚いてしまうわ。「ごめんね」と謝りつつも、いつも少しだけ腹立たしい気持ちになるのが私の本音。私だって好きで倒れているわけじゃないんだから。

だけど、実際に危険であることには変わりないから、私はカーブにさしかかる少し手前から、シートベルトを握っておくことにしたわ。普段通り慣れた道ではどこにカーブがあるのかを覚えているから問題ないけど、知らない土地では、やっぱり度々窓ガラスに衝突することになるわね。そういう時に思うのは、シートベルトは前に倒れるのを防ぐためだけに作りましたね、ということ。私の家は右ハンドルの車だから、助手席に座る私は毎回右半身が手薄の状態になるわ。だから運転席めがけてなだれ込んでしまうの。シートベルトがクロスして使えたり、もしくは、チャイルドシートの大人版みたいなものがあれば便利なのになぁ、と思うわね。ローラーコースターの安全器具みたいなもの。その点だけはローラーコースターっていいな、と思えるわ。

最後にvの説明をするわね。乗車中は必ずウォークマンで音楽を聴いているの。このことで対向車の音から逃れられるから、私には必需品。音楽を聴いているだけでは、例えば大型自動車とすれ違った場合には威力が弱い時があるから、私は音楽に合わせて一緒に歌うようにしているわ。歌っている間は歌詞の内容に興味が集中するから、周りの音や景色に怯えずにすむわけなの。とにかく私は歌う。気がつくといつも歌っているし、これは車内のみに限らないから、我が家では特に問題にはなっていないわね。ただ時々私は、目に入ってきた文字をメロディーにのせて歌う癖があるの。看板や前を走っている車のナンバー。そういう時は私の歌になれている家族でも、さすがにキョトンとしてしまうみたい。

私が歌い続ける理由はただ一つ。周りの音に呑み込まれてしまわないようにするため。その事実を受け入れてくれた私の家族は、今では私にこう問いかけることもあるわ。「今日は歌わないの?」って。

私が乗車する時は、もう一つだけ注意しておかなければいけないことがあるわ。それは、道順に関すること。私はいつも同じ道を通らなければ不安になってしまうの。知らない道を通られた時、交通量も信号の数もカーブの位置も、私の既存の「車に関する脳内ファイル」とは合致しないことになってしまうでしょ？　だから、道順はできるだけ変えないでもらうことにしているの。どうしても変えざるを得ない時には、必ず予告してもらっているわ。そうすれば、私でも対応は可能よ。

日常生活を営む上で大切なことは、お互いが納得する方法で折り合いをつけることだと思うわ。今でも私の車嫌いが治ったとは言えないけど、お互いのルールを守りながら、何とか目的地までたどり着けるようになったわ。

普通の人より不利な部分

コウモリが人間には聞こえない周波数の音を出しているのと同じように、私は普通の人には聞こえない音が聞こえるわ。霊的なものを想像した人、残念だけどハズレよ。私は大きな音が苦手。誰にだって不快に思う音はあると思うけど、アスペルガー症候群の私は、聞こえ方がかなり違うの。鼓膜がバリバリと音を立てて、今にも破れるんじゃないかと不安になるわ。耳を塞《ふさ》ぐ時は手の平を当てるだけじゃなくて、人指し指を耳の穴に突っ込んで完全に塞いでしまわなければいけないの。電化製品をつけると、そこら中でジーっという大きな音がする。換気扇の音はゴウンゴウンと鳴る。誰かがブラインドを下ろした時、大抵の人は驚かないはずだけど、私は何が起こったのかと振り返らなくちゃいけないわ。鋭い「ハウリング」に似たような音は、背筋をビリビリと伝ってきて脳を大きく一度揺さぶる。だから私は低く「うぅぅ」と声を上げるの。怖いから。不快だから。鼓膜がヒリヒリして痛いから。

たまに私が一人で唸って、周りをきょとんとさせる時があるけど、そういう時は一分以内にものすごい音をさせながらバイクの集団が通るの。私には彼らに聞こえるずっと手前で、バイクが耳障りな音を立てて近づいてくるのが分かるわ。またあの不快音が私の耳を危うくさせるのかと想像するとゲンナリしちゃうから、随分手前で「うぅぅ」と声を上げてしまうわけなの。

逆に、極端に聞こえない時もある。「おまえはちゃんと聞いているのか？」なんて言われてしまう人みたいに、言葉が耳を素通りするだけで、全く聞き取れないの。そういう時は、ヘトヘトに疲れていることが多いわね。脳が「今日の耳はもう営業終了です」ってメッセージを延々と流すの。子どもの頃に高熱を出したせいで少し難聴になった上にアスペルガー症候群の症状が重なってしまったから、私には聞こえ過ぎる時よりもこっちの状況の方がもっと辛いわね。

視覚にも容量があって、一度にたくさんのものを見過ぎると、脳内回線がフリーズするの。私は途端に動かなくなる。コンピューターが突然動かなくなるのと同じだと思うわ。私は自分を動かせるパワーが大方の量に達するまで、「からくり寛子」に変身するの。笑顔なのに瞬きしていない時は、「からくり寛子」の方だと思うわ。待ち受け画面みたいなものだと考えてもらえると助かるわね。その間はもちろん耳も聞こえていないから、気づいた時に話の内容が変わっていることがあって、度々困るの。私のことをよく知っている人と話しているぶんには支障は少なくてすむけど、この症状を知らない人にとって、私はただの失礼な女。私と似たような症状を持ったアスペルガー症候群の人、それで困ると感じたことない？　不利だわよね。

視覚に関しては、なかなか重大な問題がもう一つあって、私は人の顔を識別するのがとても苦手。普通の人が「誰々ってあの人に似てるわよね」と思うような時、私には全く同じ人に見えているわ。その「誰々」と「あの人」が同時に目の前に現れない限り、私は二人が別人だとは気づけないの。私は人の「顔」というよりは、目や鼻のついているバランス、表情筋の動き、眼球の動き、そういうもので「顔」を見ているらしいから、世の中には同じ顔をした人がいっぱい。箇所によって「顔」を見るから、私が「誰々とあの人、すごく似てる」と言う時、周りが「全然違う」と言うことも多いわねね。その人と知り合いになるような必要がない限り、私はあえて深く考えないようにしているわ。正しく識別するのにも多大な脳のエネルギーを消費しなければいけないから、無駄遣いはしないようにしているというわけなの。

以前、ものぐさな妹に代わって彼女の好きな俳優さんのビデオを録画していたんだけど、一二〇分テープを三倍モードで使い終わる間際に、違う人を撮っていたと知ったわ。それも、母に「この人、違うよ」と言われて気づいただけ。「あぁ、似てる似てる」と母は言っていたわ。最近はトーク番組なんかに俳優さんがゲストで出ることもあるでしょ？　そういう時はドラマと違って予約録画ができないから大変。ビデオテープまるまる一本違う人を撮っていたなんて、さすがにショックだったわ。悔しかったからそのテープは、大好きなお笑い番組を重ね撮りして使い切ったの！　いまだに妹が好きな俳優さんと私が間違えていた俳優さんは同じ顔に見える。私が勘違いしている顔の人は、まだたくさんいるかもしれないわね。

触覚は過敏というよりひどく鈍感。ただ、首の後ろは人よりも敏感で、ネックレスはタートルネックのセーターを着ている時以外はつけられないわ。よく、「怪我しているのに気づかなかったけど、傷を見た途端痛くなった」なんて言う人がいるじゃない？　私は自分のことを、それが極端なタイプだと思っているわ。今から切るわよ、と手首に神経を研ぎ澄ましたから痛かったのは集中していたからだと思う。闘病中に手首をハサミで傷つけた時、痛かったのね。痛くてよかった。あんな馬鹿なこと二度としたくないもの。その反対に、無意識に怪我をした時は気づけなくて困るわ。左のふくらはぎを火傷した時も、「ん？　今、ジュっていった？」程度の感覚。何日もあとで、たまたまお風呂の時に大きな水脹《みずぶく》れを発見しなかったら、一生気づいていなかったでしょうね。

嗅覚は周りのみんなが「犬並みだ」と言うから、利くんだと思うわ。もちろん強烈な匂いが漂ってきたら人よりも辛いけど、私は「鼻が利く」程度にとらえているわ。香水にもアレルギーがなくて嬉しい。だって、私のストレス解消法はお気に入りの匂いを探すことだもの。

同じく味覚も敏感程度で、私は気にしていないわ。人が言うには「口が肥えてる」らしいんだけど、よく分からない。一番好きな食べ物はゆがいたササミと温野菜だから。私が作る料理は薄味というよりも無味ね。調味料を受けつけないのは、アスペルガー症候群の味覚異常のせいなのかしら？

私がアスペルガー症候群の障害で困るのは、考え方よりも五感の感覚。人にはそれぞれ価値観があって、病気であってもなくても意見の違いはあると思うわ。私たちはそれが普通の人より頑ななだけだなの。もちろん、多動や衝動性や極端な物の考え方は、乗り越えた方が「普通の世界」で生活しやすくなるわ。コミュニティーを作って毎日「治す必要はない」と集っているわけにはいかないでしょ？

私の価値観も頑なで相当の矯正が必要だったけど、「普通の世界」の標準に合わせただけで、自分らしさは失っていないわ。周りの人と同じ世界で過ごすことによって、アスペルガー症候群の持つ不利な点が見えたのも確かよ。不利な点は、五感。私は外に出て、学校に通って、友達とお喋りをして、買い物を楽しむ。ついに「普通の世界」へのパスを手に入れたと実感する毎日を送っているわ。だけど、相変わらず聴覚も視覚も不自由極まりない毎日でもあるの。それが「私がずっとアスペルガー症候群で、一生変わらないのよ！」と言わなければならない理由。そして、私たちの障害は目に見えないものだから、もっともっと、不利な割合を強くしていると思うわ。

アスペルガー症候群の五感の捉え方を周りの人に理解してもらえなければ、少なくとも私は、生活を投げ出したくなってしまうでしょうね。毎日鼓膜を心配する生活なんて、改めて考えると落ち込みそう……。あんまりよね。「どんな音に聞こえるの？」と聞きたくなったら、自分が一番不快に感じる音を想像してみて。それが四六時中耳元で響いていたら、日が暮れる頃にはすっかり疲れ果てていること間違いなしね。そして、私からも疑問を一つ。「この音、普通の人にはどう聞こえているの？」少なくとも鼓膜を心配していない人は、とてもラッキーな人だと思うわ。

欲しいのは、そんな言葉じゃないのに

誰かに「自閉症スペクトラム障害（アスペルガー症候群）の人は、わりといるものよ」なんて言われると、実はかなりムッとするの。なぜって？　「大したことないのだから文句を言っていないで頑張りなさい」と思われているんだわ……って感じるんだもの。これは私にとって決して被害妄想なんかではないの。とんでもない！　「わりといる」っていうのは、もちろん他にも苦しんでいる人がいるということだから安心する時もあるわ。努力しているのは私だけではないって思えるでしょ？　でも、「わりといる」ってだから何なの？

アスペルガー症候群の症状は、アイスクリームのトッピングみたいなものだって私は考えているの。もしもチョコレートソースの分量まで細かく分けたとしたら？　チョコレートソースをかけない人だっていると思うし。そりゃあ、一グラムと二グラムの差は小さいけど、決して同じものではないでしょ？　ベースが同じバニラだったとしても、トッピング次第で別のものに変化していくわ。アスペルガー症候群の症状も同じ。症状はその患者数だけあるはずだわ。もう途方もない数よ。

それなのに、「わりといる」って一体何なの？ 私にお説教しているのかしら？ だとしたら一言も聞き逃さないように、しっかり聞かなければならない。だけど、その表現はどうしても納得がいかないの。私はアスペルガーの割合を聞きたいんじゃない。慰めて欲しいだけよ。決してこんな言葉はもらえない。誰も「知らなかったわ。大変なのね」なんて言ってくれないわ。なぜかしら？ 大抵の人はご丁寧に励ましてくれるだけ。「大丈夫よ、頑張って」って。何が大丈夫なの？ 何を頑張るの？ 本当に、一体何が？？？

お医者様は、それは「決り文句」みたいなものですって。だったら「そうだったの。大変なのね」を決り文句にしてくれたらいいのに。もし、「何も知らずにごめんなさいね。慰めにはならないかもしれないけど……」なぁんて、同情じゃないのよ、あなたの障害にちゃんと敬意はらっているわ、という分かりやすい意味合いを含んだ決り文句があれば、たとえそれがお愛想の言葉だったりした時でも、「頑張って」なんて言われるより、ずっとずっと気分がマシになるのに。

「頑張って」と言われた時に何が大変か分かる？ 私にとって言葉は絶対。全てに意味があるの。軽んじられるものなんて決してないわ。言葉のどんな小さな部分にまでも毛細血管が通っていて、全てに反応してしまう。何も考えずに話すなんてことは私にはあり得ない。どんな時も頭の中で原稿を作ってから話さなくてはいけないし、全ての人がそうだと信じて疑わなかったの。だから「頑張って」なんて言葉は私には命取りになる。この人は、私に頑張ることを求めてる。私にはまだ頑張りが足らないんだわ。だけどあとどれくらい頑張ればいいのかしら？　いつまで？　もう少し具体的にいつまで頑張る必要があるのか言ってくれないかしら？　だけど、こういう時に質問し返すのは失礼なことだと教わったはずよね、確か。ああ、どうしよう。延々と繰り返す疑問のせいで、かなりのエネルギーを消費するはめになるわ。言葉には信じられない威力があるのよ。知っていた？　ヨハネの福音書はこんな文章で始まるの。「初めに、ことばがあった。ことばは神とともにあった。ことばは神であった」

念のために言っておくけど、聖書絶対主義という意味じゃないからね。

私が宣言したいのは、私にも初めに言葉があって、言葉は命とともにあって、言葉は命なの。命って軽んじないでしょ？　それと同じく、私は言葉を軽んじるわけにはいかないの。聖書をちゃんと読んだのは小学校に入学した頃だったけど、それから長い間、ヨハネの福音書の冒頭に心を奪われっぱなしだったわ。何て素晴らしいことを書いているのかしら。ヨハネさんって最高。ずっとそう思っていたの。

「頑張って」のあとは、いつも自己嫌悪。素直に頑張ろうとするわりには、私いつも頭の中で葛藤を繰り返しているでしょ？　その葛藤はそのうち「わがまま」という単語に姿を変えて、私をチクチク刺すの。ずっとわがまま扱いされてきた習慣に最大の原因はあると思うけど、とにかく私はいつも、自分のわがままでこんな風に考えているんだわ。いけない子ね。そんな感じで自己嫌悪の世界にドップリ浸かってしまうの。

もし、みんながこの単純な三段論法（頑張って→葛藤→自己嫌悪）を理解していてくれたら、私はこんな物思いにふける必要がなくなるのに……。何にせよ一番いい方法は、むやみに「頑張って」を発しないでもらうことだわね。

かんしゃく洪水警報、発令中

私がかんしゃくを起こす原因

① どうとでもとれそうな態度や言葉
② 無反応な態度
③ 大きな物音
④ 自己責任感のない人間
⑤ 身勝手な人間
⑥ だらしない人間

かんしゃくはまるで火山爆発だわ。自力でコントロールができるものではないから、ひたすら治まるのをじっと耐えて待つだけ。でも、かといって、長く続くわけでもないの。着火マンのごとく、点いたり消えたり。言うことを言ってしまえばすぐに治まってくれるわ。それはもうケロっとしたものよ。

だけどここで問題発生。私がいくらスッキリしたって、相手は逆ギレか、はたまた私に怯えているかの真っ只中で、私はキョトンとするはめになるの。わぁ、この人、一体何を怖い顔しているのかしら……という具合にね。そしてはっと気づく。どうやらまたやったらしい。私ったらダメな子ね。どうしてかんしゃくが出るのかしら？

そのあとは自己嫌悪の世界にまっしぐら。ひどい時は一時間に三度くらいあるの。私これまでの人生でどれくらいの数をこなしたのかしら、自己嫌悪。私はきかん気の強い子で、かんしゃくはただの短気だと思っていたけど、それは知らない世界への戸惑いと、理解されることのないことへの怒りを表しているだけなんですって。

もしも、相手が私の症状を知っていたら……。

本当にそんなことが現実となったら、私の心には相当の余裕が生まれるでしょうね。なぜなら、仮にかんしゃくを起こすことがあったとしても、「何？　何事？」ではなくて、私を落ち着かせようとしてくれるだろうと思うから。第一、かんしゃくを起こしても「何なの、この変な女」と思われずにすむんだもの。理解を示してくれる人が近くにいると罪悪感や自己嫌悪にさいなまれることは、驚くほどに減るのよ。そして時折、自分が妙な考えで頭を使っていない、ということに頭を使うくらいの余裕さえ出てくるの。「寛子の七不思議」の中の一つ。名づけて「アスペルガー的物思いの怪」。

私はこんな風にいつも名前をつけてしまう癖があるのだけど、それは私にとって立派な自己回復方法の一つなのよ。自分の世界と外の世界をつなげるための手段。この空想の世界に時々逃げ込むことで、私は自分のバランスを保っていられる。アスペルガー症候群は自閉症スペクトラム障害なんだもの。私にとって自分の中に閉じこもるのはお風呂上りのマッサージ椅子と同じで、とてもリラックスできるものなの。大体周囲の人間から「自分の中に閉じこもる」なんて表現されるの、アスペルガー症候群の人間にとって、ちっともフェアじゃないと思わない？

かんしゃくを起こす原因になる「大きな音」について、もう少し詳しく述べることにするわね。私が拒否する音は、車やバイクのエンジン音。小さな子どものかん高い声や、突発的な笑い声。ある程度予想できるものは何とか我慢することは可能だけど、それでも耐え難いのは事実。手がすべってお鍋を落とした人がいるとするでしょ？　その人に悪気がないと分かっていても、私は低くうなるしかないの。大きな音は私の耳の側でしばらくの間残ってしまうから、私はその音が消えるまで自分の腕を強く噛んでいることが多いわ。そうやって自分を落ち着かせるの。大きな音でもすっかり慣れてしまっている音に対しては平気でいられるみたい。例えば楽器の音。私はベース・ギターの音は大好き。体の低いところで響くから、どっしりと落ち着いていられるわ。チェロも同じね。それからドラムの音。これは自分でやることになってしまったから、怖かったのに慣れてしまった、の典型的な例といえるわね。それでも楽器の音にも細かい区分けがされているわ。メタルは無理。いくら好きな楽器でも、何を弾いているか分からなければ、ただのかんしゃくの原因になってしまうから。音楽性に激しさが加わるほど聞くことはできなくなっていくみたい。ライブに行くことは、どんな曲をしても「死にかけ」の状態になるでしょうね。その点クラシックコンサートは派手な演出もなければ、あらかじめ曲目も分かるから、たとえ大ホールが満席になっていても平気でいられるわ。

次は「自己責任感のない人」について。これは行動や発言や、生活していく上での全てのことについてよ。分かりやすいのは自己管理について。特に健康面ね。私それはもう病気がちだったから、健康に対しての自己責任感は人一倍だったと思うわ。予防一筋の毎日。これはある日の、ごく親しい友人との会話よ。

私　「肌寒くなってきたわね。窓を閉めた方がよくない？　何か上から着ないと、風邪ひくわよ？」
友人「大丈夫、大丈夫」
私　「大丈夫って、本当に？　風邪ひいたって、私は知らないからね」
友人「ひかないから大丈夫だって」

そして友人は数日後、私にこう言うの。

友人　「あれぇ？　風邪ひいたかも。何でぇ？」

　その一言に、私の中にある「かんしゃく発動スイッチ」がオンになる。「何でぇ」なんていう発言は「自分勝手な人間」にもつながってくるわね。そして私はこんな風に考えることになってしまうの。何でって、薄着していたからに決まっているじゃない。私はちゃんと注意したのに、あなたが大丈夫って言ったんでしょ？　それなのに何でって、一体何なのよ。あなたは何か他のせいにしたいというわけ？　信じられない人ね。身勝手極まりない人だわ！　そのあと私は全神経を集中して、風邪がうつらないように努めなきゃいけないの。風邪なんてひいたら、私には一大事。何を併発するか分からないんだから。

　最後に「だらしない人」について。一番苦手なのは時間にルーズな人だわね。私は人を待たせることは滅多にないわ。電車が事故で急停止したり、道路工事のせいで交通渋滞に巻き込まれた時以外はね。人を待たせることは嫌い。とても苦手。だけど、それ以上に待たされるのは我慢できない。時間通りに来てもらわなければ予定がずれ込んでしまうし、考えなければならなくなるでしょ？　なぜ来ないのかを。途中で事故にでも遭ったのかしら？　きっと時間通りに来ない理由があるはずだわ。早く出てきたせいで、本当は家に電話を入れてくれたのに私が聞けなかっただけなのかもしれない。戻るべきか、それともあと少し待つべきか。私はハムレットのごとく一心不乱に考え悩み、その時点でかなりのエネルギーを消耗してしまうの。もしかしたらすっぽかされたのかもしれない。考えはこんなところにまで及んだりもするわ。待ち合わせの時刻からこの間、五分強。え、たったの五分？　そう思った人。もう忘れていない？　神経質過ぎるほどルールに従うのは私の特徴だってことを。逆も成立するわ。仮に私が二分ほど遅刻したとするわね。その一二〇秒でその日は台無し。完全ではなくなったんだから。何をしていても頭の中は二分の遅刻のことでいっぱい。約束の時間に早すぎるのも遅れるのも、どちらも同じくらい失礼なことだと祖父から教わった私は、時間に関することが一番神経質だと思うわ。待たされた相手はさぞ腹を立てているに違いない。楽しそうに見えても、本当は私を怒っているんだわ。それで私は疲れ切るの。

二番目に苦手なのはルーズな服装。十代半ばの頃、ラッパーみたいな格好が流行るという私には耐え難いことが起こったの。ラップは嫌いじゃないわ。ただ、あの服装は、私の視覚には辛かった。ヨレヨレしたナイロン製のパンツ。破れかけたTシャツ。体のサイズとは到底合っていないブカブカの服も私には苦痛だったわ。シャツをだらりと出している人にも私は度々かんしゃくを起こしていた。下着が見えるほどパンツをずらして穿くのはかんべんならなかったわね。そもそも私は、Tシャツ姿の人でさえ受け入れ難い性質の持ち主だったのだから。そういう性質の原因の一つには、あまり見たことがないということもあったと思うわ。私が知っている格好は、お医者さんと学校の先生と米海軍の軍服で、要するにスーツと制服だけだったの。女性にしても、シャツにタイトスカートやワンピース姿の人しか見たことがなかったわ。軍服は見ていてとても楽だったわね。真っ直ぐな線。しわが一つもないのは私には理想的な服だった。いくらなんでも軍服を着て歩いている人を探すわけにはいかなかったけど、だけど私の中で服装は、スーツか制服か制服みたいな格好の三つしかなくて、高校や大学の頃はかんしゃくを起こし通しだったはずだわ。

だけど、Tシャツは着てみたら確かに楽ではあったの。だから妥協案として、私はきれいにアイロンがけしたTシャツを身にまとうようにしたわ。それに、ヨレヨレしたTシャツでも上からシャツを着ている人だったら我慢できることが判明したから、それで私は少し楽になれたわ。今ではよほどの服装でない限りはかんしゃくを起こすこともなくなったわね。もちろん、ブカブカした服を着ている人が苦手なのは変わらないけど。

大切なのは、私でも妥協できるものがあるということ。限りなく四角四面の性格にも、努力次第ではスペースが生まれるということを知った時はとても嬉しかった。他の人に私を理解してもらいたいと思っていたのと同様に、私も他の世界を理解したかったから。

ここで「努力」について。努力は強制されるべきではないと思うわ。特にアスペルガー症候群にとって、努力は一歩間違えるととても危険なものになってしまう。「なせばなる」の一言で、私は大変な苦労を背負い込んだから。だから、一番いいのは、努力したいという気持ちに導いてもらうこと。努力を強制されたら逆効果だわ。実際、私自身も色々な事に関して努力することは自分で決めたことだもの。

もちろん、そうではないこともたくさんあったわ。だから「大変な苦労」にもなったの。とにかく、手を貸してもらいたい時に手を貸してもらうの。他は自分のやり方でやったわ。無理のない方法で。自分で考えた自分にピッタリの方法で。時間がかかるかもしれないけど、周りの人はイライラしないで。私が目指しているのは「早くできるようになる」ことではなくて、ただ「できる」ようになることなんだから。

「早くできる」に関しては、小さい時から言われ続けてきた言葉の一つで、その結果、思い込みを助長することになったわ。何でも早くすることだけがいいと思っていたの。算数の時間はそれで足を引っ張られたわ。本当よ。小学校一年生の時の通信簿に書かれているんだもの。二年生の通信簿に書かれていないのをみると、どうやら私は「早いだけ」を克服しているみたいね。どうやったのかしら?

こんな風に私のかんしゃくの原因は、すごく細かく説明書きが添えられているの。その一つひとつを覚えろなんて言わないけど、せめて六つの原因は知っていてもらうと助かるのに、と、いつも思っているわ。

言葉の裏の意味

言葉に裏があるなんて、一体誰が最初に作り出したのかしら？　そのおかげで私はいつも頭を二倍使わなければならなくなるの。端的に、私の言葉には裏がない。いつも思ったことを思ったままに言う。

この頃になって物事には「見返り」を求めてもよい時もあると知ったから、そういう思いを言葉に込めて言うこともあるわ。だけど、「私が代わりに書類まとめておいてあげる。気にしないで。手が空いているし、そりゃあ、このことに恩を感じてお饅頭の一つでももらえたらいいな、とは思うけど、とにかく気にしないで」と、裏まで伝えてしまう私の言葉には、やっぱり裏がなくなるの。

敬語、謙譲語、丁寧語。私はその使いこなしが得意。だけど、話をする人に対しての内容選別は、とても不得意。プライベートな場所になればなるほど、内容選別は私の頭を悩ませるわ。何か目標に向かって頑張っている人はとても輝いて見えるし、素晴らしいものでしょ？　だから私は「素敵ね。私、そういうのすごくいいと思う」と言うわ。女友達に言う時は問題なし。「ありがとう」と言ってもらえる。ただ、私は男友達にも同じ口調で同じ言葉を使う。そういう時、たまに周りで波風が立つことがあるの。

「そういう言い方、しない方がいいわよ」と、小学生の頃、知り合いに言われたことがあったわ。私は最近になって顔に年齢が追いついてきたようなもので、小さい頃から大人みたいな顔をしていたの。制服を着ていなければ、小学生なのに高校生と間違われたわ。私はいつも、自分よりも一回りは年の離れた人とばかり接していて、どちらかと言えば、彼らとの会話の方が同級生との会話より楽しめた。「そういう言い方、しない方がいいわよ」と言われて、理由がさっぱり分からずに悩んだわね。私は親しみを込めて言っただけなのに、やんわりとだけど、注意を受けたでしょ？　とても納得がいかなかったわけなの。

知り合いの中でも一番親しかったのは七つ年上のお姉さんで、彼女は私にこう説明してくれたわ。「彼はシングルだから、あなたに好意を持たれてるって勘違いしちゃうわよ」って。その時初めて気づいたの。彼らの世界では、「男友達、女友達」は「友達」のファイルじゃなくて、「男」か「女」のファイルに分けられるんだってことを。私は激しく打ちのめされたわ。自分の素直な発言を素直に受け取ってくれる人の割合が、地球規模で半分は減ったようなものだったから。正確に言えば女性の人口が多いのだから半分ではないでしょうけど、とにかく愕然としたの。

中学校に入って、はっきり「自分」と「周囲」との違いを意識するようになったのだけど、個性を大切にしながらも、私はどうしても「普通」になりたかったわ。私が成長した分だけ同時に周りの人の年齢も増すから、辺りは恋愛を謳歌している人ばかり。「将来、食いっぱぐれても文句は言えないだろうなぁ」なんて思いながらも、「失恋したよ。悲しいよぉ」と泣いている人が少しだけ羨ましくて、私も失恋を経験してみようと試みたわ。「失恋したことぐらいあるのよ」と周りに言えたら、少しは人間らしそうに見えると思ったから。

近くにいる人たちがかなり年上だったこともあって、色恋沙汰に関する情報は色々なものがインプットされていたわ。私にはアウトプットする経験が足りないと思ったから、早速挑戦したの。「失恋」が経験したかったのだから、絶対に私を苦手だと思う人や、彼女がいると分かっている人、そして人気のある男子を選ぶ必要があって、女子の会話の中に加わらなければいけなかったわね。私は勉強とボランティア活動が好きなダサい女子。頬と鼻には子どもの頃から飽きもせずにそばかす軍団が陣取っていたし、ファッションのトレンドとは無縁の生活だった。要するに、私は学年の人気者とは反対方向に歩みを進めている変わった女子だったの。彼らにはそう見えていたはずだから、私は学年でも人気の高い男子が適任だと判断して的を絞っていったわ。「片思い中」を演じるのはとても大変だったけど、私は上手くやったみたい。本当に好きになって告白したわけじゃないから正しく「失恋」にはなっていないと思うけど、「フラれた」という既成事実ができたことで、私は「普通」に近づけた気がしてとても嬉しかった。今ではそのことに対して、「まぁ、浅はかなこともやっていたじゃない」と思うわ。私は私なりに子どもだったようね。

自分の表現の仕方で話ができない毎日はとても息苦しかったけど、確かにシングルの男の人に「まぁ、素敵ね」と言わなくなってから、女の人に嫌味を言われることも減って、私の生活はよかったり悪かったりの繰り返し。「普通の世界」はややこしくて、私のストレスは山のように積み重なり、今にも崩れてきそうだったわ。そんなある日、それまでのルールを完全に覆す事件が起こったの。

十五歳、高校一年生の時。私は、顔見知りで恋人のいる五歳ばかり年上の男の人に告白をされた。迫ってこられるのは困ったわ。青少年保護育成条例違反だし、私に気があるなんて物好きにも程があって怖かったから。だけど何より驚いたのは、恋人持ちの人が他の人を好きになることもあると知ったこと。その事実で私の毎日はより難解になること間違いなしなんだもの。もしそれが事実なら、シングル以外の男性にも、私は自分らしく話せなくなるでしょ？　労力が倍になると考えたら、それだけで疲労困憊してしまったわ。大混乱して「You bastard!」なんて、祖父から「絶対に使ってはいけないよ」と言われた言葉を吐いた私は、一目散に家まで逃げ帰ったの。汚い言葉を使った罪悪感もあったし、脳内ファイルの書き換えをしなければいけないと思うと、何もかも投げ出して自分の中に閉じこもりたくなったわ。何て鬱陶しい世界なの？　せめて私に関しては、言葉通りに感じていて、裏に意味なんてないことを理解してくれたらいいのに！　あんまりよ！　あんまりだわよ！

ちょうど、もう一人の私の人格が強くなり始めた頃だったわ。私は「普通」になる努力をやめることにした。陰口や嫌味は増えてしまったけど、本当の私を受け入れてくれる人がいないのだと割り切ると、以前のように「普通」にならなければいけないという焦燥感はなかったわ。

言葉のとらえ方の違いは家族関係にも影響した。家族として一緒に生活をするようになっても、私の話し方の癖はしばらく受け入れられずにいて、会話の中に何度も登場する「ねぇ、怒ってない？」の一言に、父も母も辟易としていたわ。私は怒っていないかどうか確かめたかったから訊いているのに、彼らにはそれが鬱陶しかったみたいで、「何でそう言うの？　さっき怒ってないって言ったじゃない！」と言われて、私は何度も挫けそうになった。私の生活は目まぐるし過ぎて、「さっき」と「今」は明らかに別物だから、分からなくなったら訊くしかないの。分からないから訊ねる。そんな単純なことも理解してもらえないなんて、先の道のりは絶望的に見えた。

またある時は、雑誌を見ていた私が、「この時計可愛い。わぁ、可愛い。そろそろ買い換え時かなぁ？　どうしようかなぁ」と呟いていて、同じ部屋にいた父が「いくらするんだ？」と訊いてきたことがあったの。「七万円」と言ったら、「今は買ってあげられないよ」と父が言った。私には意味が分からなかったわ。少し不愉快に思ったから、「誰も買ってなんて言ってないでしょ？」と強い口調で返事をしたの。そうすると父は、「どうしようかな、とか言っていたじゃないか！」ですって。私は今も高校生の時から使っている時計をしているわ。二つ持っていた方の一つ。一万五千円のレノマの時計。壊れてはいないけどさすがに飽きたと感じたから、その時は買い換えるかどうかを自分に相談していただけなのに……。

母と買い物に出かけた時も、同じようなことがあった。私は寝てばかりの生活が多かったから、可愛い寝巻きを見つけると嬉しくなる。そうそう好みの寝巻きにはお目にかかれないから、「わぁ、可愛いお寝巻き。うむぅ。少し高いけど、どうしようかなぁ」と言った。母は、「お給料日の後なら買ってあげてもいいけど……」と顔を曇らせたわ。その時もやっぱり不愉快になった。「私、買ってって言った?」とね。私は確かに言っていないわ。だけど、そういう裏の意味を含んでいると受け取られることを知って、一つ「普通の生活」に近づいたの。

私は買ってほしい時には「買って」と言うわ。可愛いと感じたら「可愛い」と言うし、嫌いなものは「嫌い」と言う。いちいち裏の意味まで考えながら話すほど、私の脳に余裕はないの。一体いつから言葉の裏なんてものが姿を表したのかしら? 私には言葉の裏がないから、人の言葉の裏も理解できなくて、「社交辞令」には今でも手を焼くわ。だから最初に説明が必要。「私、社交辞令は言わないし、使われても気づかないから、それでもよかったらお話しましょう」という具合にね。最近は私のダイレクトな発言で場の雰囲気を壊すことも減ったから、それは私にとって上々の生活だと言えるわ。周りに理解してくれる友達が増えたし、自分でも知らない間に、裏の意味を取られないような発言の仕方を習得したのかもしれないわね。

済んでいた私の初恋

限られた範囲でしか記憶がないから、私の思い出話はいつも同じような内容になるみたい。その中から、話している相手によって、何かを思い出せることもあるわ。

感情については、勝手に思い込んでいるものがあって、相手がとんでもなく忙しくて私に構ってくれないと、「この人は私に興味がないんだ」と、私もその人に興味がなくなるわ。自分で言うのもなんだけど、すごく短絡的。そういうところは、まさに自閉スペクトラムの要素があるんじゃないかしら。

例えば「恋愛感情」は、「燃え上がるような情熱」が出なければ、私は「恋愛感情」ではないと思っていたみたい。

ただでさえ苦手なものが多いから、私には自分がイメージしていたような「恋愛感情」はこれからも出ない可能性が高いわ。だけど、「恋愛感情」には色々な種類があるらしいの。私が持っている「恋愛感情」の最高レベルは、「安心できる」気持ちなんですって。

それでいいらしいの。燃え上がらなくても「好き」と呼ぶものがあるなんて、とても唖然。だとしたら、私はとっくに初恋を経験していることになるんだから！

中学校一年生の時だから、記憶の位置としてはとても重要な部分だわ。私は解離性人格障害だったから。

どちらの私が好きだったのかしら？　私はそう考えたの。人格を統合できた今、彼のことを思い出しても、「大人しそうな人だったなぁ」と安心するから、どちらの私も彼を好きだったんでしょうね。私はずっと日陰がほしかった。暗いイメージの日陰ではなくて、あまりに暑くてたまらない時、少し休んでいきたいと思うような、安らかな場所。部活の先輩が連れてきたお友達の中の一人で、優しそうな小柄な人だったわ。

「それは、淡い恋心というのよ」と母が教えてくれた時、驚いたというよりは満足感があった。私には私に合った「感情」がちゃんとあると学べたから。

歯科医院克服法

歯医者さんに通うことを好む人は、そういないと思うわね。歯を削る音がイヤだとか、単純に痛いからイヤだとか、色々あると思うわ。私は痛みに対する感覚が鈍すぎたり、敏感すぎたりと極端で、虫歯はいつもさし迫らないと気づくことができないから毎回大変な目に遭うの。これはアスペルガー症候群の人間には多いことらしいから、歯医者さんには定期的に通う方がいいのかもしれないわね。

私は虫歯だけではなく、虫垂炎の時は腹水が溜まるまで気づかなかったし、ある時は髄膜炎の一歩手前までいったこともあったわ。限界に近づかなければ気づくことができない、という知覚の鈍さを持つアスペルガー症候群の方もいらっしゃると思います。周りの方は充分気を回してあげて下さいね。「どうしてもっと早く言わないの」なんて言われても困ってしまうわ。今痛いことに気づいたんだもの。

麻酔の針を刺された時、痛いのかどうかを自分では判断できないことがよくあるわ。どう感じたら「痛い」ことになるのか分からないから、私が「痛いです」と言うことは滅多にないの。痛み止めのお薬を処方された時も、どう感じた時に使うのか分からなかったから、本当はかなり痛い状態になっていたにもかかわらず、三日もそのままの状態で過ごしたりしていたのよ。ここで、私は「痛み」の定義を自分なりにまとめて、紙に書き記してみたわ。その症状が「痛み」だということを周囲の人間に確認を取った私は、そこで初めて自分の中で「痛み」を理解することができたの。（表4参照）

こうして私は虫歯の「痛み」がどう感じるのかを知ったわ。確かに歯医者さんはかなり「痛み」の連続だけど、実際のところ、私に関しては「痛み」を感じたとしてもあまり問題ではないみたい。麻酔の針は少しチクリとするけど、薬が効いてしまえば、削《けず》ったり神経を抜いたりする感覚はむしろ気持ちいいとさえ感じたりするほどなの。だから、点滴も好き。一応念のために、私はマゾではないからね。私には身体に均等の圧力を加えられると安心できる、自閉症的な触覚異常があるからかもしれないわ。私は歯医者さんでの「痛み」に関して、問題ないことが分かったわ。ナーバスになる原因は別のところにあったの。

別のところに原因があると判明したのは、審美歯科に通い始めてから。私はいつも爪を噛んでいたから前歯の並びがとても悪くて、病気が回復してすぐに歯の矯正を始めたの。二、三回で済むだろうと思っていたのだけど、実際は半年近くかかると知って、相当気分が萎えたけど、両親

表4

こう感じたら「痛い」ということ！
○　脈拍のリズムで歯茎がズクンズクンした時。
○　風を当てられたらしみる時。
○　歯の中がチクチクする時。
○　噛んだら口の中全体に重くひびく時。

のすすめもあって、私は矯正歯科に通うことにしたの。

私は歯医者さんに、ある種の拒否反応があったわ。以前近所の歯科医院に通っていた時、お医者様が「痛かったら言って下さい」とおっしゃったのだけど、「では、痛くしないで下さい」と答えて怪訝《けげん》な顔で睨まれたことがあったから、歯医者さんは嫌いだったの。だから、私は今回もかなり憂鬱な状態に陥ったわ。

ところで、歯医者さんが使う道具は謎めいたものが多いと思わない？　外科手術の道具なら医学書を読みあさった私には見当のつくものが多いのだけど、歯医者さんの使う道具はどれが何をするものなのか、さっぱり分からないわ。おまけに待っている間、目の届く所に置いてあるものだから、私はそちらばかりに目がいってしまうの。ライトはとても眩しいのに、気が狂ったかのごとくジッと凝視してしまって、次第に頭がクラクラして吐きそうになることが度々あったわ。歯医者さんから「息、している？」と訊かれたこともあったわね。実際のところ、私は息をしていなかったの。他のことに神経を集中させると、私は息だって自然に行えなくなるの。もちろん、よほどの緊張時だけだけど。

そして、聞いたこともないような横文字を使われることも私をナーバスにさせたわね。それは「詰め物」や「接着剤」の名前だったりすることが多いのだけど、聞かされた私は、「一体何をされるのかしら!?」という気持ちで溺れかけの状態になってしまうの。

審美歯科での初めての治療の日、私は過去の経験を元にして、ある程度覚悟を決めていたわ。たとえ何十回驚くようなことがあったって死にはしないから平気よ、という具合に。だけど、治療が行われる間に私が驚いたことといえば、少しも怖くなかったということに対してだけ。ふりではなく、本当に平気だったの！　なぜ平気だったのか、私はその晩すぐに考察を開始したわ。審美歯科医院での出来事を、少し書き出してみるわね。（表5参照）

このことから導き出されたものは、「不安の対象」だったわ。私が怖かったのは「痛み」や「機械の音」ではなく、次に何がくるかわからないことだったの。表のように前もって説明してもらえれば、心の準備ができるわ。予測不可能な事柄に対してはちょっと融通がきかないけど、ある程度予期できる事柄に関しては私でも立派に対処できるのよ。ライトの問題は、歯科衛生士さんが目にタオルを被せてくれたことで解消できたわ。

何だそんなことか、と、思われる方もいらっしゃるかもね。だけど、私には目からウロコが落ちたような出来事だったわ。驚愕！　そして、歯科医院を克服するための願ってもないチャンスが訪れたの。私は今回学んだことを活用して、アーモンドを食べたせいでかけてしまった奥歯と

表5

歯医者さん	・今から何を行いますよ、と、一つずつ述べてくれる。 ・治療の最中「大丈夫かな？」と声をかけてくれる。 ・専門的な名称を使用しても、いざ使う時に私に分かりやすく説明してくれる。

表6

1	自分がアスペルガー症候群で、予測不可能なことが生じると混乱することを伝える。
2	何を行うかその都度説明してもらうようにする。 （例：今から削りますよ。今から吸いますよ。）
3	ライトは見ない。目をつぶっておくとよい。アイマスクを持ってきてもよいか一応尋ねてみる。

共に、歯科医院に乗り込んだわ。結果は上々!!
これからは思い悩まずに通うことができそう。
最後に、私が歯科医院で使ったマニュアルを書いておくわね。（表6参照）

自己回復手段シートについて

趣味：読書、執筆、お絵かき、映画観賞、水泳、空想
特技：歌、ダンス、楽器演奏、演技、詩の朗読
好き嫌い：嫌いなのはコーヒー、魚介類、タバコの煙、アルコール。食べられないものは基本的に多く、卵にはアレルギーがある。シシャモは見るのもイヤ。ホットミルクを飲むと落ち着ける。色で好きなのは黒と白と緑。
料理：お菓子作りは好き。調味料をあまり受けつけない体質なので、基本的には料理にならない。好物はゆがいたササミ。祖父が言っていた「料理ができる女の人は素敵だけど、女性の手は繊細だから、水仕事にはむかない。男性がふるまってあげるのがいいね」の言葉は、人生最高の名言だと思っている。

みーこ：うさぎのぬいぐるみ。現在のものは二代目。一代目から数えると、十八年の付き合い。一番の親友。

落ち着ける場所：整理整頓された本棚の前、毛布の中

見ると安心するもの：辞書、分厚い本、文字、祖父の写真、みーこ、ドール・ハウス

滅入っている時にするとよいこと（要注意事項）

①音楽を聴く：体調が悪い時は拒否する音もあるので、耳が受け入れている音を聴くようにする。

②映画を見る：家でビデオを観る。今まで観たことのないものは、こういう時は観ない。ストーリー展開を知っている、納得のいく結末の作品を観る。

③アイス・ホッケーの試合を観る。

④無理をしない：無理して起きない、無理して食べない、無理して出歩こうとしない、無理して何かしようとしない。音楽も映画もイヤな時はあるし、そういう時に無理して観たり聴いたりしない。そして、無理して眠ろうとしない。薬が効いてこない時もあるので、眠気がき

たら寝る。

⑤　エクササイズ

フラッシュバックになった時：誰かがいる場合は、背中をさすってもらうと安心できる。頭を撫でてもらうのも効果的。その場合は頭の上から下の方に向かって撫でてもらう。

不眠：みーこのフワフワの毛は眠気を誘う。耳と頭の間に自分の顔をくっつけると、知らない間に眠っていることが多い。

自分を取り戻せる方法は頭の中にちゃんとあるのに、緊急事態になると、ただ、石のように固まってしまうことの方が、圧倒的に多いの。自分にそんな方法があるってことさえ、覚えていないんだから。だから、一度書き出して、それを目の届く所に貼っておくことにしたというわけ。

ワサワサワサー、襲来

賢いだけで可愛げのない生意気な子。頭でっかちの優等生。この二つの言葉でほぼ間違いなく、私は言い表されてしまえたと思うわ。あまりに病気ばかりで、ある意味「トラブル・メーカー」ではあっても、他のことではいつも頼りにされていたもの。私についてまわる形容詞はいつも決まっていたわね。大人びた、だとか、落ち着いた、だとか、もしくは、鼻持ちならない、なんてものもあったかもしれないわ。忍耐と気合いだけで生き延びてきた私は、女性らしさとは対極の所にいたはずだし、誰もがそう思っていたでしょうね。

取っつきにくい性格の私は男の子に人気のあるタイプではないから、恋愛に興味がわきだす思春期頃には、完全に浮いた存在だった思うわ。きっと誰の会話にものぼらなかったでしょうね。だから、女性として、守られるべき存在として誰かに扱ってもらったことは、ここ最近になるまでないに等しかったの。仮にそれまでにあったとしても、私は情緒反応に乏しかったために気づくことができなかったはずだわ。

私が持っていた精神的な病は、うつ病、パニック障害、対人恐怖症、異常潔癖、PTSDに加えて、解離性人格障害。今考えればアスペルガー症候群もあったはずだから、すごい数だわ。そこに内臓の数種類の病気も加わるから、書き出しただけでもげっそりしちゃう。私よく生きてこられたわね……。

PTSDは仕方ないにしろ、ほとんどアスペルガー症候群のみにまで這い上がってきた私は、最近ではいろいろなことを感じることができるようになってきたわ。感じなければならない、と、表現すべき時もあるけど。女性らしい扱いはその中の一つ。面白いのは、異性に扱われた時と同性に扱われた時の感じる場所が微妙に違ったことね。

もう少し詳しく説明するわね。異性というのは私のお医者様なんだけど、こうやって「自分のマニュアル」作りに励んでいることに対して、先生が言って下さったの。「よく頑張ったね」って。とても優しい言い方だったわ。私の頭の中では柔らかな布がヒラヒラと舞っていたの。そして右腕のつけ根辺りが、突然ワサワサワサワサー、ってしたのね。私びっくりしてしまったわ。とてもくすぐったかったの。一体これは何なの？　リンパ液の大移動なの？　とにかく妙な感覚だったわ。またある時は、腕のつけ根からもう五センチほど内側のあたりが、ワサワサワサーとなることもあったわ。それは同性に優しくされた時だった。従兄のお嫁さんに会った時、私は初めて同性から「可愛い女の子」としての扱いを受けたの。か弱い対象としての扱いね。とにかく、ワサワサワサーは本当に突然やってくるの。そしてそれは、何かいる、という感じよ。その部分で何かがチョロチョロ動き回っているの。他にも何人かの人が私を「女の子」として扱ってくれるけど、例にたがうことなく、私はその度にワサワサワサー、としているわ。

これは喜怒哀楽の「喜」じゃないかしら？　私はそう考えたの。私はきっと実感したのよ、「喜」を。もちろん感じるのはいつも心地いい感情とは限らない。怖い時は背中の部分だけ毛穴が開くような感覚が襲ってくるわ。高熱を出す前みたいな感じ。泣きたい時は気管の入り口が沸騰したような熱さになって、首から上と下を切り離したい気分になる時もあるわね。

私が実感することのできる感情は、普通の人に比べれば、まだ少ないと思う。どこまで実感が追いついてくるのかも今はまだ分からない。最近は、感情はあるのだけど、それを何と呼ぶか知らなかった、ということも発見できたわ。だけど、重要なのは感じ取れるようになってきたことだし、今ではすっかり希望を持つようになったわ。感じられるようになれて本当によかった。

妹はとてもいい子。素直で無邪気だし、お調子者なところがあって可愛げがあるわ。だけど私から見たら、とてもお行儀が悪かった。彼女は今時の若い子がするように、地面に座っても平気な子。決して常にそんなことをするわけじゃないけど、座るのは平気だと言う。彼女はあぐらをかくし、立て膝をして座る。安物のカーテン生地で作ったようなスカートを穿いていた時、私にはそれが寝巻きに見えた。髪の毛はいろんな方向にはねていたし、茶とピンクを足して二で割ったみたいな色だったわ。実際にとても啞然として、ひどく嘆かわしかった。私は人の顔を識別するのが今でもとても苦手。その時は妹だと認識できるまでに半日かかったし、分かっても怖くて近づけなかったわ。

私には「それとなく注意」という穏やかな方法が備わっていないから、注意となると遠慮は少しも感じられないはず。私の一番悪いところだと思うわ。そのせいで一時期、妹との仲が険悪になったのも確か。

解離性人格障害が完治した私は、祖父と育った環境から礼儀正しいとは言えない現代的な生活に瞬間移動したようなものだったから、ある程度は仕方なかったと思う。「そんなこと関係ないわよ」と放り出されたらそれまでだったけど、妹は私を見捨てないでくれたわ。今がどういう時代で、大抵の人がどういう物の考え方をして、安物のカーテン生地風スカートがファッションなんだということを丁寧に教えてくれたの。今では電車の中で大量の女子高生に遭遇しても、パニックを起こさずに座っていられる。逐一目くじらを立てなくなったのは、彼女のおかげだと思うわ。

私と同年代の人がどんな生活を送っているのかを知ったことで、私は随分上手に「現代人」として生活をできるようになったけど、それでもまだまだ取っつきにくいままだった。原因は、標準語でしか話さない習慣がなかなか抜けなかったことだと思うわ。私はすごく仰々しい言葉をよく使う。それでなくても大袈裟な話し方だから、いくら笑顔で話していても絶対堅苦しかったと思うわね。二回りも年の離れた人には「礼儀正しい子」だっただろうけど、同年代の子から見ればただの「化石みたいな子」にしか見えなかったはずだわ。今考えれば、それもアスペルガー症候群の症状の一つだったかもしれないけど、私はもっとみんなの中に溶け込んでみたかったの。だから、少しは方言を使えるように訓練を始めることにしたわ。私と同じように大仰な話し方をする人に、直しなさいって言っているんじゃないの。ただ私は、そのせいで周りに敬遠されることを嫌だと思ったから。

妹は「どこで習ってきたの?」と思うような方言をよく知っているから、夏休みの間だけでも彼女と一緒に生活をすれば、佐賀弁には困らなくなる。だけど私が方言を使って喋ると、「方言使うんだぁ」とみんなが言うから、それはすごく鬱陶しく感じるわね。身についた方言はうっかり出るらしく、父は博多弁で話す。彼の気性とマッチしているから怒っているように聞こえて怖かったし、母は関西で生活をしていた名残《なごり》でイントネーションが関西弁。私は結局この一年足らずの間に、博多弁と兵庫なまりを足して二で割ったところに佐賀弁をふりかけたような、妙な話し方になったわ。以前のような取っつきにくい女の子ではなくなっただろうけど、「どちらのご出身ですか?」と聞かれたりするわね。

もう完璧だと私自身は思っていたけど、どうやら最後の一つが残っていて、それが一番厄介なものだったわ。私には半ば偏見に近い思い込みがあったの。思い込みのない人はいないと思うけど、私の価値観は強力だったわ。

「見た目で人を判断してはいけません」なんて言葉は、私の中には絶対存在しなかったもの。祖父はいつもきちんとネクタイを結んでいて、断りなしに上着を脱ぐなんてことはありえないような人だったわ。とても極端な環境だったと思う。だけど、そういう極端な環境の中で育ってきたから、私の思い込みも「偏見」にまで突っ走っていったんでしょうね。私は髪を染めたことがないの。きっと、染める時は白髪染めを使う時だと思うわ。そんな時代錯誤の考えを持っているのは、さすがの我が家でも私くらい。髪を染めるなんて低俗も甚《はなは》だしいと思っていたのに、大学生になった妹が薄茶色に髪を染めてきたから、私は驚いたなんてものじゃなかったわ。そんな格好で外に出たら承知しないと思ったくらいよ。彼女は私と正反対の格好を好む。私が「こんな格好、馬鹿みたい」という服装を、「これが可愛いの」と言う。彼女が髪の毛の分け目をギザギザにする一方で、私はまっすぐにクシを通さないと気持ち悪くなってくる。二〇〇二年の夏は、お互いの存亡を賭けての大決戦だったわ。

私は偏頭痛の種をなくしたかったし、彼女は彼女で「不当な言いがかり」に全面的に歯向かってきた。その時は信じられないほど腹立たしくて、一生顔も見たくないと思ったわ。だけど、今は土下座をして謝りたい気分。少なくとも彼女は見かけ通りの人間じゃないから。それに私、歩く生徒手帳みたいだったんだもの。

話してみないとその人のことは分からない、と妹は教えてくれたけど、その時点での私には無理に等しかったわ。私は対人恐怖症だったし、外を歩く時も、「私に話しかけたら噛むわよ」というような光線を強烈に放っていたの。男性であろうと女性であろうと、アンケートだろうとナンパだろうと、スーツだろうと伸び切ったようなTシャツを着ていようと、とにかく話しかけられたら一目散に逃げ出すくらい、私は人が怖かった時期があったわ。

ただでさえ人が怖いのだから、苦手な格好をしている人を見た目で判断しても仕方ない、とみんなが言ってくれたわね。しばらくの間は私もそう思っていたわ。ここまで頑張ってきたのだから、もう無理することないわよ、と思ったの。その頃の私は、母と一緒に少しずつ外出の訓練を始めていて、慣れないことをやっているためにすごく疲れていたわ。ショッピングセンターの警備員さんが横を通っても硬直するくらい、すべてに怯えていたの。

私が自分の思い込みを変えなきゃいけないと思ったのは、そんな時だった。ショッピングセンターから帰る時、出口に怖そうな男の子がいて、私は途端にナーバスになったのを覚えているわ。母が「反対の方に回ろうね」と言った時、赤ちゃんを抱えて荷物をたくさん持った女性が私たちの横を通り過ぎていった。普段なら私はドアを開けに走っていただろうけど、何せドアの外にはその男の子がいたから怖くて動けなかったわ。だけど、その男の子がドアを開けてあげたの！赤ちゃんとお母さんのために、ドアを開けてあげたのよ！　見ただけで校則に引っかかるような格好をしている男の子だったけど、確かにドアを開けてあげたの。お母さんと赤ちゃんが通り過ぎるまで、ちゃんと。私は自分がとても恥ずかしく思えたわ。思い込みを直せないのを、病気のせいにしようとしていたから。私は初めて自分から「ここを通っても大丈夫だから、行こう」と母に言ったわ。本当は大丈夫じゃなかったと思う。あぶら汗が出たし、足が震えていたから。だけどその場所を通り過ぎた瞬間、大きな壁を乗り越えるための最初の一歩を踏み出せた気がしたの。

私にとって一番訓練になるのは、美容院ね。苦手な格好をしている若い人たちがウジャウジャいるもの。一つだけ行きつけとして大切にしている所があるけど、時々、自分の中に現代的な要素が薄れてきたな、と感じたら、行ったことのない美容院に足を運んでみるの。私のやり方はゲリラ式だから、あまり他の人にはおすすめしないわ。とにかく、髪の毛がツンツンしていたり、色の名前が分からないような髪をしている人たちがいる、「今風」の美容院。探すのは難しくないわね。今は、そうじゃないところの方が少ないから。見かけ通りのお店もあったし、信じられないほど好印象のところもあって、本当に人は言葉を交わしてみなければ分からないものなのね。怖いと思ったら、私は一言も話さない。早くカットが終わるのを辛抱強く待っていて、とても無愛想なはずよ。それは、ごめんなさい。二度と足を運ばないようにするから、許してね。

私たちの障害を理解してもらうことは、とても重要だと思う。私に関しては、かんしゃくの原因になることを覚えておいてもらうこと。相変わらず大きな音は苦手だから、突然エンジンの音がすると怖いわ。周りで色々な音楽を流されるのは構わなくなったけど、聴くように強制されたら怒る。流れている音が耳を通り抜けていくことと、意識して聴くことは、私にとっては全くの別物だから。

普通の人よりは不利な生活だから、周りの理解がなければすっかり絶望的になるわ。だけど、この世界でやっていくためには、自分の努力も多少は必要なんじゃないかしら？　あくまでも、これは私の意見。違う意見もあっていいと思う。私は人に厳しい分、自分にも厳しいわ。相手だけに努力を求めるやり方はフェアじゃないから嫌い。私たちが障害を感じない生活がどんなものか想像できないのと同じで、彼らにも私たちの生活は想像できないと思うの。だから、お互いの努力が必要よね。

二〇〇二年の冬にいくつかのテストを受けて、私はアスペルガー症候群だと診断されたわ。それより以前にその可能性が高いと言われていたし、もともと「変わり者」だったから、それに正式名称がついたくらいだと受け止めたけど、さすがにしばらくはショックで塞《ふさ》ぎこんだわ。たまたま私が、負けず嫌いの根性持ちだったから乗り越えられただけで、もっと周りの大々的な協力が必要な人もいるかもしれないから、どうぞこの本は参考程度にして下さい。それに、「普通に生活している人がいるんだ！」と思える本があった方が、少しは見通し明るいでしょ？

妹のおかげで私の価値観はとても変わったと思うわ。今でも「コタツに寝転がらない！」とか、「そんな格好はやめなさい！」と注意するのは変わらない。一年前と違うのは、「家の中だからいいじゃない」と言われた時に、「あ、そうだった」と思えるようになったことね。性格診断テストの結果に「行き過ぎた道徳観があります」と書かれていて、とても驚いたわ。結果が出たのは二〇〇三年の一月。夏の修羅場を乗り越えてすっかり価値観も変わっていると思っていた頃だったから癪《しゃく》にさわったけど、「見て見て。やっぱり性格も頑固だわね」と笑って言えるようになっていたわ。そう言えることが、私が変わった証拠だと思うの。

私は人間の姿をした犬⁉

いつの日からか私は、自分は「人間」じゃないのかしら、なんていう疑問を抱き始めたわ。私はあまりにも周りと違いすぎたから。大人の真似をしてもダメ。子どもにもなれない。私はきっと人間じゃない。そう考えたのはその時の私にとって当然だったように思うわね。しばらくの間、私は自分を「魔女」だと思っていたわね。だけど、「復讐してやるっ」なんていう悪いことは考えていなかったから、とりあえず「白魔術使いの魔女」ということにしていたと思う。「シンデレラ」なんかに出てくる性格のいい魔女ね。

ただの「魔女」でいるのは面白味がなかったので、私は自分に謎めいたストーリーを与えることにしたわ。私は地球の裏側の惑星に住む魔女で、そこの王女様が違う惑星の王子様と駆け落ちするための片棒を担いだから、王様の怒りをかってしまって、追っ手から逃げ回っている身なんだわ。本当は二千歳。とりあえずその惑星の寿命は八千歳程度。だからまだ充分に若いのよ。髪は輝く金色で、そばかすもないはず。たまたま日本に落下したから、黒髪の少女の姿になったんだわ。そんな風に思っていたの。日常生活を送ることだけで大変な毎日だったから、どうせ緊迫するなら物語風にしたいと思ったのよ。

ところでなぜ「魔女」だったのかというと、私は過去の経験から状況を随分前に読み取ってしまう能力が身についていたので、自分自身でも「私」という人間は人間離れしていると思っていたからなの。あまりにも考えていることが当たるわりに、なぜ当たるのかは見当がつかなかったから、不思議で怪しげな「魔女」ということにした、というわけ。

だけど、私が自分を「魔女」だと考える時間はあまり長くはなかったわ。ある日、私は「魔女」よりもピッタリくる存在を見つけたの。それは「犬」よ！

私の家の隣には一人暮らしのおじいさんが住んでいて、私は彼ととても仲良しだったわ。以前は猫を飼っていらしたけど、私が中学校に上がるくらいの時に、犬を貰っていらしたの。小さな頃、犬は嫌いだった。突然吠えるし、噛まれそうだったから。だけど、その犬が隣に住むようになってからは、犬が大好きになったの。「コロ」はとても頭のいい子だった。そして、面白い子だったわ。色んな表情をして私を慰めてくれたりしたのよ。彼女はいつも外で日向ぼっこをしていたから、私は庭に出て彼女を眺めていたわ。犬も夢をみて寝言を言ったりするなんて、ちっとも知らなかったわ。私は「コロ」を見ているだけでとても楽しかったの。私と「コロ」は、よく同じものに反応したわ。匂いや音。五感的なものね。同時に何かに振り返ったこともあった。そういうことが度重なったので、私は「魔女」じゃなくて「犬」なんだわ、と思うようになったの。

途中からは「コロ」の子どもと孫に代わったけど、そのうちの一匹がやたらと私に興味を持つので、私の「犬説」は有力になっていったわ。私は彼女を「ココココロ」って呼んでいるの。「コロ」の子どもの子どもだから。「ココココロ」はとにかく吠えまくる犬で、ちっとも他人になつかない犬よ。誰かが通るとすぐ吠える。裏には病院の駐車場があるから、しょっちゅう吠えている状態だわ。当然我が家の人間にも吠えるけど、なぜか私には吠えないのね。それどころか私に興味津々なのよ！　私が通ると塀の隙間から、にゅー、と鼻を出してくるの。

初めは、何をやっているのかしら、くらいにしか思わなかったけど、次も、その次も同じことをしてくるから、ある時私は彼女の方に勢いよく振り返ってみたの。彼女は鼻先を塀の脇にぶつけて、うろたえながら私に踵を返した。私が顔を元の位置に戻すと、彼女は再び塀の間から鼻をのぞかせてきたわ。私は横目でそれを見ながら、その光景が可笑しくてたまらなかった。「ココココロ」は私が少し移動する度に彼女自身も顔の角度を変えながら私を見ていたので、小躍りしたらどうするかしら、と思って、私はちょっと踊ってみたわ。彼女はもうそれ以上は入らないって、というくらい鼻を突き出してきたので、私は確信したの。私は「犬」だって思われているらしい、ってね。

そして彼女はこう思っているに違いないと考えたわ。「ねぇ、あなたはどうして人間の姿をしているの？　もとは犬でしょ？　どうやって人間の姿になったの？」ってね。だって、彼女が私を見る時の目は何だかキラキラしていたんだもの！

私は大学生になる手前まで自分を「犬だった経験のある人間」だと思うようにしていたわ。もちろんそんなことあるわけはないと理解していたけど、みんなと同じ「人間」になれないのなら、「犬だった人間」と考えていた方がずっと気が楽だったからなの。そんな風に考えたくなるほど、この世界には馴染めずにいたわね。

私には妙な空想をする癖があるから深刻にならずにすんだけど、その方法を持たない人がいるかもしれないでしょ？ それを考えるとぞっとするわ。自分の存在自体を疑問に感じなければいけない毎日なんて辛すぎるでしょ？ おまけに周りの人間は、そんな悩みを抱えていることすら知らないんだから。だからやっぱり、まず始めなければいけないのは、アスペルガー症候群の存在を知ってもらうことだと思うわ。

性欲と人間

アスペルガー症候群以前に私たちは人間なのだから、思春期になれば性衝動が出てくるのは当然よね。それはむしろ自然な成長だと思うわ。大切なのは、その性衝動をその後の人生の「正常な性欲」にできるかできないか、ということよね。これは当然、両親の協力が欠かせないと思うの。正しい知識をできるだけ早い間に持たせることは、とても大切なことだわ。

二十四年間の途中までをバプテスト派のキリスト教徒として育ってきた私は、カトリック教徒ほど「性」に対して厳格ではないけど、やっぱり開けっぴろげでもないわね。とてもプライベートな問題だから触れたくなかったけど、「性的な問題を抱えたアスペルガー症候群の犯罪」なんていう言葉が紙面やブラウン管を騒がせるのは、もっと不愉快だわ。

異常性癖を持った子どもがアスペルガー症候群であっただけで、アスペルガー症候群の子どもだから異常性癖を持つということじゃないのよ。確かに私たちは「こだわり」を持ちやすい性質だけど、それは日常生活における「ルール」だったり「毎日の習慣」のようなこだわりで、一つの物への「執着」じゃないの。

性的な問題は誰もが抱える恐れのあるものよね。だから、アスペルガー症候群の子どもたちがむやみに巻き込まれてしまわないように、両親が「正常な性欲」について教えてあげて下さいね。私がここで述べている「正常な性欲」という言葉は、道徳的に考えて「正常」な性衝動。好きな相手とセックスしたい、と思う性衝動のことで、大人が小さな子どもに向ける性衝動は、いくらしたいと思っても「異常」だと思うから。

それから、大人同士でも一方的に性衝動を持たれても困る場合はあるわよね。衝動に任せてセックスする人は「異常」じゃなくても「不道徳」な人だと思うわ。「不道徳」な人間にならないために必要なのが理性。だけど、それを教わっていなかったら、いくら誰かが責めても何の効果もなさそうだもの。

私が「性衝動」に関連することで初めて目にしたものは、皮肉にも聖書。だから、一番初めの知識は「姦淫」よ。何だか仰々しい言葉よね。要するに、みだりにセックスをするな、という言葉を知ったのは、小学校に入るか入らないかくらいの時だったわ。

セックスという行為がどのような行為で、何の意味を持つかを知ったのもその頃ね。私は両親から性についての教育を受けたことはないわ。一緒に生活をしていないも同然なほど両親は忙しかったんだから当然だけど。だけど、比較的貞淑を重んじる家だから性交渉は「セックス」というよりも「姦淫」と変換されてしまう可能性が高い家庭だということは何となく伝わってはきたわね。もちろんそれは、私がまだ幼い頃の話。アスペルガー症候群のお子さんを抱えていらっしゃる方には、この問題は大きな壁になるんじゃないかと思います。なぜ私はその問題を超えることができたのか、私の例を挙げてみますね。

私には教えてくれる人間が誰もいなかったから、全て自分で学ばなければいけなかったわ。手っ取り早く経験してみた、なんてことではないからね。まずは性欲について。これは、「本能である」という説明が一番分かりやすかったと思うわ。人間をつかさどっているのは、食欲と睡眠欲と性欲だから、他の二つと同じように性欲が出るのも当たり前のことだと知ることが、大切な最初の一歩ね。世間では性的な描写が子どもに悪影響を及ぼすことを懸念しているけど、私はそれ以前に性についての知識が乏しいことの方が最大の問題だと思うわ。基本的な知識もなく性描写の著しい映像や書物に触れるのは確かに悪影響だもの。現代ではそれが次第に低年齢化してるから、性についての教育もそれに追いつくべきよね。性欲が出るのは人間として当然のこと。これを読んでいるあなたにもあるはずだし、私にもあるわ。誰にでもあるものだということを教える必要があると思うの。「子どもは知らなくていい」とは言わない方がいいわ。知りたいから聞いているのでしょうし、その子の中で性衝動は確かに起こっているのだから、はぐらかして一人歩きさせる方がもっと危険よ。これが第一のステップだったわ。

次が一番の難関かもしれないわね。なぜセックスを軽く扱ってはいけないか、よ。私自身は聖書の教えで育ったから、「禁欲生活こそが美徳云々……」とまではいかずとも、確固たる貞操観念が基礎となっていることは確かね。

こうなると宗教的な観点になってしまうから、私は私の人生で学んできたことを述べますね。セックスは私にとって「そんなに厚くはないけど、一度読んだだけでは到底理解できない難しい書物」のようなもの。読むのは簡単。とりあえず始めから終わりまで目を通せばいいのだから。セックスも同じよね。とりあえず経験することは、誰にでもできることだもの。だけど、それがどういう意味を持って、どういうことを伝え、そして、自分がどういう答えを導き出すかなんて、一度では分からないものだわ。そしてその時点で、この本が誰にとってもすごく重要な本だということを理解しておく必要もあるわけだしね。その本は大抵手の届くところに置いてあるから、子どもが興味を持って開いてしまうのは当然だと思うの。

だからこそ、むやみに本だけを先に読んでしまう状況を作ってしまわないように、ご両親が本の説明をしてあげるべきだと思うわ。その本がどんなに大切で、読むということがどんな意味を持つのか、ということ。読んだために考えなければいけない新しい問題が出てくる、ということ。丁寧に読み重ねていくことも大切だ、ということ。ご両親がご両親なりの考えを持って、それをあなた方自身の言葉で伝えることが必要なんだと思います。どんなに賢い子どもだったとしても、人生という道では先を歩いている方からしか分からないことがたくさんあるものだから、セックスについて、親は少なからず自覚を持って接するべきですよね。頭ごなしの説教では、「大人だって軽くセックスしているじゃない」なんていう返答くらいしか望めないと思うの。

このことをふまえて最後に教えるべきことは、大切なことだからこそ、セックスが虐待やストレスの吐け口として使われた時、人はひどく傷つけられるということですね。私は小学校二年生の時、誘拐されかけたことがあるの。子どもがわけも分からずにレイプされる事件は残酷すぎるわ。大人ならいいのか、なんてわけじゃないわよ。そういう意地悪な読み方は、せめてこの章では避けて下さいね。私はその時点で「陵辱」という意味を知っていたものだから、なおさら怖かった。摑まれた腕に伝わってくる相手の熱っぽい温度。古くて白いバン。今でこそ私は、未遂だったから「心の傷」が残らなかったことを理解できる。それから、私の独特な物の考え方も、不幸中の幸いだったのかもしれないわ。私には性別の概念がなかったから。「男の人に襲われるっ！」ではなく、「ロリータコンプレックスという異常な性的嗜好を持った人間に襲われるっ！」と思ったの。私が男性恐怖症にならなかったのは、「男の人」として考えなかったからだと思うわ。

それでも本当に心から怖くてたまらなかった。普通の人に比べれば、きっと私の「ロリコン」に対する嫌悪感は強いはずよ。どうやって逃げたのか記憶は確かではないけど、自分の貞操を必死に守りぬき、時間通りにお習字教室に通い、私は門限までに家にたどり着いた。悲劇の引き換えとして体育用の上履きをなくしただけですんだのは、奇跡に近いと思うわ。当時私は母にそのことを伝え、母も私から伝えられたことを薄っすら覚えていた。薄っすらとしか覚えていなかったのは、私たちがいかに一緒に生活時間を共にしていなかったかの証拠ね。

もちろん性欲は本能だから、食欲や睡眠欲のようにその都度解消すべきだけど、性欲の場合、手近な人とセックスして解消するなんてことは本来あるべきことではないでしょ？　だから、子どもには同時に自慰という行為も教える必要がありますよね。正しい知識を持たせたあとは子ども自身のプライベートに及ぶことなので、なるべく介入するべきではないと思います。あまりにも無節操な場合は別ですけど……。マスターベーションより自分の欲求を果たすために人を傷つけることの方が恥ずべきことなんだ、ということをお子さんにはしっかり教えて下さいね。

セックスは生命の誕生につながるものだから、私自身は素晴らしいことだと思っています。だけど、時として「姦淫」になってしまうのも事実ですよね。たどりつく意見は月並みだけど、「心からの愛があってこそのセックス」だわね。もちろん、これは私の意見。だから、なぜそういう意見にたどり着くのかということを教えてあげることが、それぞれの答えへの道になると思います。

ある日曜日の個人的衝動

アクト・アゲインスト・エイズや赤い羽根にだって目印があるのに、なぜアスペルガー症候群には何もないの？　ある日曜日、私は突然そんなことを考えたの。

私は誰の目にも健常者としてうつると思うわ。アスペルガー症候群は、自閉症的な特徴はあっても知的障害がないので、どうしても「普通」に見えてしまう。意地悪な人は、「知的障害者がよかったの？」などと言ってくるでしょうね。「普通に暮らせて、よかったじゃない」ともね。もちろん私は普通に生活できて幸運だったと思うわ。だけど、みんなの世界の「普通」と私の世界の「普通」は、全く尺度の違うものなのよ。おまけに、健常者として扱われる苦労といったら！

私はたまたま、知能の遅れを伴うタイプの自閉症者ではないから、その苦労は分からないわ。でも、高機能には高機能の困難が待ち受けているのよ。私は知能が高い方に分類されているわ。だけど、自閉症的な症状があるのも事実。辛いのは、私には知的障害がない分、世の中のことがちゃんと見えてしまうということ。それなのに理解できないことは山のように溢れているの。見えると疑問はますます増えてしまうわ。おまけに、健常と奇異の境でぶら下がっていなければいけない中途半端な位置がどんなに厄介な所か分かる？　それなのに「普通でよかったじゃない」だなんて失礼だとは思わないの？　そんな風にいつも心を痛めなければいけない。そういうわけで、その日の私は突然こんなことを考えたのね。「なぜ、何も目印がないの⁉」って。

足の悪い人には車椅子があるし、目の見えない人には杖や盲導犬。聾唖者には手話があるわ。「色々あっていいですね」なんてことじゃないわよ。障害を持って生きていく苦労はよく理解できるもの。私が言いたいのは、なぜアスペルガー症候群にはそれを表すものが何もないのかしら……ということ。そして私は、とんでもない衝動に襲われたの。つまり、「作ればいいんだわ」という具合にね。例えば、ピン・バッチみたいなもの。なぜピン・バッチかというと、アスペルガー症候群の症状のために触角の感覚異常を持った人もいるでしょ？　だから、ブレスレットやネックレスみたいに肌につけるものは必然的にダメ。つけやすさからいって、ピン・バッチということにしたの。

安全ピンはつける時いつも指に刺さるわ。どこが安全なの？　きっと、つけたあとのことだけ考えて命名したのね……。とにかく、ピンを作ることを考えたのね。度合いによって色分けしたらどうかしら、なんてことも考えたわ。そのピンを、一般人の常識の中に組み込めばいいのよ。盲導犬を見たら、この人は盲目なんだ、って理解するでしょ？　日本が障害者福祉大国とは思わないけど、少なくとも気づくことはできるわよね。だから、私にもピンなの。一目瞭然の代物！　いちいち説明しなくてもすむようなもの!!

このことをカウンセリングでお医者様に話すと、彼はとても理解してくれたわ。そんな風に思っている患者さんは、きっと大勢いるはずだ、って。税の優遇措置を考えていた男の人もいたよ、とも教えて頂いたわ。

私は今、職業とは言えないけど、仕事をして少しだけお給料を稼げるようになったの。そこから家計にお金を入れているわ。自立することで自信を取り戻せるアスペルガー症候群の人は、大勢いるんじゃないかしら？　個人で事業を興す人もいれば、会社に勤めたいと思う人もいるかもね。ただ、どうしても健常者に見えてしまうアスペルガー症候群の人には、一般社会で人と生きていくことにハンディーがあるのも確かなの。

私たちができないことを、ただの迷惑行為と取る人はたくさんいるわ。そういう時ピンみたいなものがあれば便利だと思わない？　心ない注意よりも適格な指導をしてもらえる確率は、ぐんと上昇すると思うの。

ここまで述べたことは私の勝手な想像だけど、もしもそんな何かができたら、生活をしやすくなるはずだわ。私と同じ考えを持ってくれる人が一人でも増えれば、徐々にではあっても可能性は広がっていくんでしょうね。そうなればいいと思っているところよ。

自閉症を扱ったドラマ

私には、精神病や自閉症を扱ったドラマは苦手だわ。ドキュメンタリーくらいなら最近は徐々に観ることができるようになってきたけど、やっぱりドラマは観ないわ。映画もそう。どんなに好きなキャストでもテーマがそれに関することだと、私は頑なに観ることを拒むの。ドラマにされることを不愉快に感じる時さえあるわね。過敏だと思う人もいるかもしれないけど、私には一番デリケートな問題だからこれだけは譲れない。たとえ患者の体験記を元にしたドラマだったとしても、原作を読むのと十何話で最終回を迎えてしまうドラマを観るのとでは大きな違いだわ。

ドラマをやっている間、視聴者の関心は自然にその障害に対して向くでしょうけど、終わってしまえばものの見事に反れていってしまうわ。まるで何事もなかったかのように来週から放送されるただの恋愛ドラマに移行していく。感心しちゃうほどにね。私が苛立つのはその部分だと思うわ。物語にされてしまうことに嫌悪感を抱いてしまうの。ドラマは時期を迎えれば終わってしまうけど、私の毎日は続く。途方もない年数を、普通の人の倍の努力で送っていかなければならない。

私を見て一目で自閉的だと感じる人はほとんどいないでしょうね。自分でさえあまり感じない。アスペルガー症候群の患者の中でも私はすごく上手く生活できている方だと思うわ。順応性も高いと思う。でも、だからといって私がこの障害でなくなったわけではないわ。これまで獲得してきた手段によって、普通っぽく生活できるようになっただけでしょ？　私がアスペルガー症候群であることは一生変わらないこと。私の人生が幕を閉じるまで、ずっと続いていくの。

だけど、ドラマは違う。結末が幸であれ不幸であれ、必ず終わりを告げるわ。心のどこかで「終わり」を羨ましく思っているところもあると思う。でも、それ以上に「終わり」が可能なドラマを疎《うと》ましく思っているのが現状ね。私にはとても無責任なものに見えてしまう。そしてこう思う。「こんなドラマやったところで、何も変わらない。これは一つのショーだもの。決して障害の理解のためにやっているわけじゃないわ」ってね。

こんな風に考えてしまう背景には、ある種の期待を持っているからだと思うわ。そう。私は反感を覚えながらも、そんなドラマが放映される度に期待していたの。これで障害への理解が高まるはずだわ、とね。そう考えるのはきっと私だけではないと思う。だけど実際のところドラマはドラマでしかなく、私は失望する。ドラマの内容に涙する人はいても、実際にこの現実で生活している自閉症の人間に手を差し伸べてくれる人はほんのわずかな人だけだから。

悲しいことに私はすっかり不幸慣れしてしまっていて、大抵のことを乗り越えることができるわ。それでも毎回傷ついてはいるのよ。打ちのめされてボロボロになるけど、倒れないだけ。ドラマの製作者はきっと知らないんだと思うわ。そんなものを放映されるだけで、私がどんなに心を痛めるか。私がどんなに世の中への期待から遠ざかっていくか。自分の醜態を全国ネットでさらされているんですもの。悪意がないことだから一層残酷で、私は声を上げることもできないの。「どうして私を苦しめるの？　そんなこと今すぐやめて、もう二度としないでちょうだい」と。

私が高校生の時、そういうドラマがあったわ。まだ自分がその主人公と同じ障害だとは知らなかった頃よ。だから家族も当然知らず、熱心にそのドラマを見ていたわ。もちろんドラマとしてね。彼らには全くのフィクションだっただろうけど、私には違った。私にも毎日それと同じ事が起きていたから。私が苦しんできたことがドラマになって全国に流れているのに、彼らは私の前で平気な顔をして視聴し、「かわいそうにね」と私に言うこともあったわ。まるで悪夢だった。製作者も演技者も視聴者も全て、私の憎悪の中に呑み込まれていったわね。

真っ黒な渦が体中を駆け巡り、よどんだ大波が全身を覆い尽くしていったけど、私は理性的だった。哀れなほどに理性を失えない私は、そのうちに自分を冷酷な人間としか思えなくなったわ。私は視聴者と少しも同調できなかったから。冷たい人間というレッテルは、ドラマのとんだ副産物だったと思うわ。

ドラマに限らず、最近は報道番組で精神障害や知的障害を扱う機会が増えてきたけど、その内容といったら症状がどうだこうだと、雑誌の心理テストみたいだわ。無駄に表面的な症状の知識ばかりが増えるから犯罪に利用しやすくなっているだけだもの。おかげで今では事件が起こる度に「心の闇」なんて言葉を聞かされてしまう。私に言わせれば、とてつもなく屈折した「心の病み」だわね。

どうしてみんな物語のように扱うのかしら？　マス・メディアは問題提起をしたアフターケアをもっと充実させた方がいいと思わない？　何せ、その効果は絶大。精神科への受診の仕方を教えたらどう？　障害者への対応の仕方を毎日三分でも取り上げたらどうなの？　少しずつでも確かに変化していくと思うわ。

そして本当の事を知ってほしいの。私の人生は少しも物語みたいに美しくない。これまでいくつもの病院をたらい回しにされたわ。お医者様だって優秀な人ばかりではなかった。私の「正常な精神状態」の演技に騙される人もいたし、私の言葉に取り合ってくれない人もいたわ。今まで移動した距離を合わせたら、日本列島を何回往復できるかしら？

この経験で私が学んだことはたった一つ。私たちは正しい知識を持つ必要があるということ。今世の中がそれを持っているとは到底言えないわ。むしろ悪用される恐れのある情報ばかりが氾濫していると思うの。この本がその氾濫を少しでも堰き止めるための手段になればいいと思いながら書いているわ。

お医者様との相性

泌尿器科と肛門科。私がかかったことのない「科」は、それくらいだと思うわ。小さな頃から保険証はフル活用で、あれって月の初めに出すでしょ？　だから私は皆勤賞なの。

少しも自慢にならないことだからガッカリしちゃうけど、そのおかげで一つだけ身についたのは、自分に合うお医者様の見分け方ね。医者と患者の間にも、絶対に相性はあると思うの。私はいろんな病院を回って、たまにはひどく失礼なお医者様に当たってしまうこともあったわ。私が言うことを鼻で笑い、うんちくばかりを述べられて、結局彼が何を言いたかったかというと、私が「気のせい病」にかかっているということだったわ。以前の私は一度拒否したものは絶対に受けつけない頑固な性格で、病気の時はその性格がなかなか役に立ったみたいね。私はそのお医者様の所には、二度と足を運ばなかった。

残念なことに、医者の肩書きを持っていても、医者になりきれていない人はたくさんいるの。その医者と合うかどうかはその人の価値観にもよるから、ただ白衣を着ているだけのような人でも構わないと言う人なら、私はそれでいいと思う。私はそれが嫌だと思うタイプだから、私と同意見の人なのに「自分に合ったお医者様」を見つけられない人に、私なりのアドバイスをするわね。

まず、医者も元をただせばただの人よね。ただの人が、長年の努力で「医学」の知識を詰め込んで「医者」になる。例えば、私は美術史を学んでいるから、一般の人よりは少し「美術史学」の知識があるわ。そこで、「美術史を学んだから、何なの?」ということにならない?

美術史を学んだからって、私の基本的な性格は変わらないもの。そりゃあ、少しは感性が磨かれたかもしれないけど、私は相変わらずの頑固者。医者も同じだと思うわ。要するに、医者と患者にもそれぞれの性格があって、「嫌だな。いけ好かない人だな」と感じたら、相性が悪いのだと思うの。

「合わないから変えます」とは言い難い環境が私たちの周りにはあって、どうしても患者の方が遠慮がちになるわよね。とりわけ精神科にはその環境が色濃くて、患者も打ちのめされた人が多いものだから、相性が合わないまま通院している人はたくさんいるんじゃないかしら? これを読んだ精神科のお医者様の中で「何なんだこの女は! 医者を馬鹿にしているのか!」と思った方、ごめんなさい。だけど、そういう物の考え方はいかにも医者主体だから、私の言いたかったことが伝わらなかったのだと思っておくことにします。

私が六年もお世話になっている今のお医者様に出会った時、私はまだ人間嫌いの真っ只中だったわ。それでも彼は、私に嫌悪感を抱かせない雰囲気の人だった。そういうところが「相性」だと思うの。彼に心からの本心を打ち明けるのに私は四年の時を費やした。四年の年月はとても長いと思うでしょうけど、大切なのは私が心を開くことができたということ。相性が合わない人には、一生かかっても私の心は開けないもの。

私のお医者様は目が優しい。私を実験動物みたいな目で見ないわ。決してうんちくを述べない。お喋りをするように分かりやすく話して下さる。そして、とてもスタイリッシュ。今のお医者様に当たらなかったら、私はベッドの上での生活を続けていたでしょうし、アスペルガー症候群だとも気づかなかったと思うの。私はとても運に恵まれたのね。これを読んでいるあなたが、同じような運を手に入れられることを願っているわ。

この本を書き始めた頃、私は同じ病院のもう一人の先生にお世話になることになった。今度は女性で、私とあまり年の違わない先生。女性と聞いて少し不安だったわね。男性が得意というわけではないけど女性の方がもっと苦手だったのは、いつも難癖をつけられてイジメられていたせいだと思う。不信というよりは恐怖。だから、女性の前では多少俗っぽく、おどけて振舞う癖が身についてしまったわ。生まれつきの、本来の私で接したら、「なんかムカツク」と言われてしまう可能性はすごく高かったの。だけどその先生を初めて見た瞬間、そんな努力をしなくてもいいということがすぐ分かったわ。

先生はとても可愛らしい人。笑顔が素敵で、向日葵《ひまわり》の花みたいな人。「あまり頑張りすぎないでね」と心から言ってくれる人。私が、ずっとお喋りしていたいなと思える魅力的な人。それも「相性」だと思うの。今、私の周りにいてくれる女性は、本来の私を受け入れてくれた優しい人ばかり。お世辞もなければ嫌味もない、ずっと待ち望んだ本当の友達。

ある人は、小食で外食嫌いの私に、「一緒にご飯食べに行こうね」と思わせてくれる気配りの細やかな優しい人。絶対に平らげられない私のために、「半分こにしようね」と言ってくれるの。「頑張りすぎてはダメよ」と言ってくれた初めての人だったわ。またある人とは、映画の話で楽しくはしゃぎ合う。好きな色が同じで大人っぽい、私の憧れ。そして、私が本を書くことを応援してくれる人。私より随分年上なのに、純粋で素直で微笑ましいの。

お医者様はもちろん友達じゃない。だけど、友達を選ぶように医者を選ぶ時も「相性」は関係してくると思うわ。私は最高に素晴らしいお医者様方にめぐり会えた。私が乗り越えられたのは、お医者様との「相性」がよかったこともあるんじゃないかしら。

二つの生命線

文字はいつも私を助けてくれる。私は聴覚情報を頭の中で文字情報に変換するのがとても苦手で、だから電話で用件を聞いたりすると、たちまち思考停止状態になってしまうわ。電話の相手は大抵とても早口で喋ってくるから、私には多大なストレスとなってしまう。電話は相手の用件を聞くことと、その用件を書きとめることの二つを同時にこなさなければいけないでしょ？　その行為がどれだけ私を窮地に立たせることになるか！　聞き取ることに神経を集中させると手はピタリと止まってしまうし、手を動かそうとすると何回聞いても聞き取れないの。電話をする時の集中力は並大抵のものではなかったはずだわ。

私の電話応対は素晴らしくて感心する、と、周りの大人の間では評判だったけど、誰一人として知らないはずね。私のこの死に物狂いの集中を。「死に物狂い」という表現は決して言い過ぎではないわよ。実際に私は極端な考えを持つことで電話を乗り切っていたんだから。私はこう思っていたわ。「間違いなく用件を書きとめられなかったら死んじゃうんだから。きっと手足が痺《しび》れてきちゃうのよ。首から上だけ出して、土の中に埋められちゃうのよ。だからしっかり聞きなさい」という風にね。そして私は上手くやったわ。だけど、受話器を置いたあと五分間くらいはその場で放心していなければならなかったけどね。

そういうわけで、物事の説明は全て紙に書いてもらうのが有効だったわ。文字は何度でも読み返すことができるから。ちなみに聴覚情報においては、「分からなかったら聞き返せばいい」なんて考えは思い浮かばなかったし、そんな余裕もないの。一言も聞き漏らさないようにするだけで、私の脳にはとてつもない負担。返事をする気力も残らなくなるのよ。そんな私に文字は親切だった。逃げていったりしないもの。紙の上で、私の視線が通り過ぎるのを大人しく待っていてくれる。

そこで、私はメモ帳を持ち歩くことにしたわ。何かをする時は詳しい説明を誰かに書いてもらえばいいでしょ？　それに、困難に出遭った時には自分で書きとめておけばいいんだから。この方法は私にはとても合っているみたい。耳で聞くよりも目で見た方が、ちゃんと理解できることが増えたと思うわ。

文字と同じく、言葉にすることも私にはいい方法みたい。最近起きた例を挙げるわね。

ある日の午後だった。私は昼間、一人で家にいるんだけど、部屋で勉強をしていたら、窓の外で警報ランプが光っているのが見えたの。初めは驚かなかった。我が家の隣は病院で、よく救急車が来るから。だけど、その警報ランプはパトカーのものだったの。私の目はそのパトカーから降りてきたお巡りさんに釘付けになってしまったわ。だって、無線で何か喋っていたから。あまり車の通らない場所に停まっていたから話している内容まで簡単に聞こえてしまって、私はお巡りさんの言葉に耳を疑ったわ。上半身裸の男が逃げたらしい、って、彼はそう言ったの。上半身裸の男が逃げたらしいことも怖かったけど、そんな大変な話を笑いながら言っているお巡りさんも私には充分怖かった。我が家の周辺は住宅地だけど、交通量の多い道路沿いだから、まさか私の家には逃げ込んでこないだろうと思ったけど、日常的に色々な可能性を考えなければいけない習慣がついている私は、もしも、の場合を考え始めたわ。

頭の中では年末のテレビ特集でよくやっている「犯罪都市・二十四時」みたいな映像が音楽つきで再生されていたの。私は自分を何とかしなければいけなかったけど、あいにく家にはたった一人。何とか手立てを考えないと私の思考は停止して体が固まってしまう。私はすっかりうろたえて、家中あちこちにぶつかって歩き回りながら、何とかしようと必死だったわ。そんな時、自分の部屋のテーブルの上に、テープレコーダーを発見したの。私には隣の県の大学に行っている妹がいて、彼女によくテープレターを送っていたの。たまたまテープが入っていたので、私はとっさに実況中継を始めたのね。「上半身裸の男が逃走中だ」とか、「パトカーがどこかに移動したよぉ」とか、「世の中、一体どうなっているんだ、お巡りさんしっかりしてくれぇ」とか。とにかく思いついたことは全て言葉にして吐き出したの。

そんなことをしている間に、私は段々と自分を取り戻していったというわけ。あとからその録音を聞いて、自分が混乱するとどうなるのかを知ることができたわ。結局その事件がどうなったのかは知らないけど、新しい発見をもたらしてくれたので、結果オーライということにしたわ。

文字と言葉。その二つの生命線によって私は何とかこの世界で生き延びていくことができているの。平常心の自分を維持する手助けをしてくれる手段というのは、アスペルガー症候群の人間が生活していく上でとても役立ってくれることは間違いないと思うわね。この本を読んでくれている方の中に、アスペルガー症候群の人もいると思うわ。あなたにも、そんな方法が見つかりますように。

フラッシュバックとの上手な付き合い方

一年のうちでも特に毎年八月は悪夢の一ヶ月。私は可能な限り外に出ないように努めるの。部屋の隅っこで本を読みながら、時々わけもなく涙がボロボロと流れてくる。八月の私には、日がな一日、そうやって過ごすしか方法はないのよ。

どんなに頑丈な性格の私にも、トラウマは避けられなかったみたい。初めて「外人」扱いされた日を、私はまだ忘れられないの。解離性人格障害から回復できた代償として多くの記憶をなくしてしまったのに、トラウマに付随する記憶は消えてくれなかった。

小学校五年生の修学旅行は長崎だったわ。コースは定番。教会にグラバー園。少なくとも平和公園でお弁当を食べ終わるまで、私の心は平和だった。午後からは原爆資料館。展示されている無数の瓦礫と同様に、私の心も崩れ去ったわ。私は突然「外人」と呼ばれ、「敵だ」と罵られた。言った男の子に悪気があったのかどうかは分からない。だけど、その一言は私にとって致命傷になったわ。

中学校に上がると英語の授業が始まるでしょ？　三年間「外人」と呼ばれ続け、私の心の傷はますます深くなった。イジメられる度に「英語が話せるからっていい気にならないで」と言われるの。「喋ってみて」と懇願したのはあなた達でしょ？　話さなければ話さないで「高慢ちきな女」と陰口を叩かれたわ。魔女裁判のように無実の罪で火あぶりにされた私が一番ショックだったのは、友達伝いに「正しい発音じゃないって、先生が言ってたよ」と聞かされたことだった。私が教師アレルギーになったのは、そのせいだと思うわ。祖父はアメリカ英語もイギリス英語も話せる人だった。中学生の段階での私の発音はイギリス英語寄りで、アメリカ英語を使う時もボストン特有の訛りがあったので、その先生から言えば、私の発音は正しくないのかもね。ただ、そんなことを給食時間に生徒の前で言うなんて、心底泣けてきたわ。私は三年の間、その先生から英語を教わることはなかった。英語はとても好きだったわ。でも、授業は一番嫌いだった。高校に上がったら、一言も英語を話さないようにしようと誓ったわ。だから勉強もしなかった。授業中は辞書をペラペラさせていればいいし、評定で三が取れれば問題ないでしょ？　四だったらラッキーというだけ。知り合いの外国人と話す以外、私は絶対に人前で英語を使わなかったわ。

我が家には戦場で戦った人がいないから、戦争の犠牲になった人がいないの。第二次大戦と聞いても私が連想できるのはDデイかパットン戦車隊くらい。幼心に、私はそのことに対してとても引け目を感じていたわ。時代の犠牲になった人がいないなんて、贅沢すぎる事実だから。小さな頃から、私は八月が苦手だった。外国製の戦争映画の需要が高い国のわりには、一ヶ月限定の反米主義者がどっと増える月だから。街頭インタビューで「平和になってほしいです」と言う人には同感できるわ。私も争い事は大嫌い。心の底から平和な世界が恋しいもの。だけど、中には心ないことを言う人もいるわ。「アメリカ兵は死ねばいい」ということを平気で口にする。知ってる？「死ねばいい」と言える時点で、あなたも充分人を傷つけているのよ？

祖父が働いていたのは朝鮮戦争の真っ只中だし、私が生まれたのは彼らが退役したずっとずっとあと。それでもあの戦争は、いつの時代の兵士に関係なく、米軍の脅威として毎年登場する。だから八月は怖い。ただでさえ引け目を感じていた上に、敵扱いされた心の傷は今も痛くてたまらないわ。この時代の米軍との関わりはないはずなのに、相変わらず怯える日々は終わらない。水兵を見ると祖父を思い出せるから、彼らの話はたまにするけど、とても親しい仲間内では、誰も私の前で戦争の話をしないわ。私が取り乱してしまうのを知っているから。

フラッシュバックは夢の中までついてくるから、八月はほとんど眠れない。お薬が効かなくなるから、私は浅い眠りのまま、一晩の間に何度もうなされて飛び起きる羽目になるわ。泣き叫びながら夢から覚めることもあって、隣に寝てくれる妹が目を覚ますことも度々あるの。汗だくでシーツはびしょびしょ。寒くてガタガタ震えながら、私は枕を顔に押し当てて叫ぶ。声が漏れないように、ぎゅっと顔に押し当てるの。泣きながら叫んでいれば、悪夢の中から戻ってこられたと実感できるから。

八月はフラッシュバックの頻度が多いだけで、悪夢は毎月必ず私を襲ってくるわ。少なくて一週間。多くて十日前後。私のフラッシュバックにはサイクルがあって、その期間内はずっと悪夢を見続けるの。内容は毎回違っても、それはひとつのフィルムみたいになっているから、夢を見なくなった日がフラッシュバックの悪夢の終わり。逆を言えば、見終わるまで延々とうなされ続けなきゃいけないってことなの。

夢を見終わった二、三日あとに必ず生理が来るから、私のフラッシュバックはＰＭＳの一種なのかもしれないわ。ただ、一週間程度の悪夢は特にストレスを感じなかった月のことで、そういかなかった時、日数は容易に増えてしまうわね。

私は家の中で無視され、たまに罵られ、時々ひどくぶたれて育ったわ。もちろん、虐待というよりしつけの延長だったんでしょうけど。痛みに鈍い私だったけど、ぶたれるとそれなりに痛かったし、頭を殴られるのはいつも心配だった。理性的過ぎるのは、殴られたせいで大脳辺縁皮質の部分が縮んだせいかしら、と考えていた時もあったの。父はそのことをひどく悔やんでいて、少し負い目に感じているのかもしれないわ。一方で母は私をぶっていたことを覚えていなかった。手探りで育児をしなければいけなかったのだから、それを考えると不思議と腹は立たなかった。とても拍子抜けしただけ。

叩かれて育った記憶は子どもの中に住み着くから、その子はきっと人を叩く。私はたまに妹をぶつことがあったわ。手をあげると清々できる自分が不安でたまらなかった。私がひどく凶暴な性格にならなかったのは、毎日続く暴行じゃなかったから。そういう点で、私はとても幸運だったと思うの。子どもは何でも覚える。私は愛情を知らないけど、虐待の仕方も知らない。愛情を知らず、虐待だけ覚えさせられる子どもは大勢いると思うわ。

私は子どもだったけど意思は大人も顔負けで、自尊心だけは絶対に傷つけさせなかった。それは「大人」や「子ども」とは括《くく》らずに、「一人の人間」として物事を考えるアスペルガー症候群の考え方が好転しただけで、ただの偶然だったんだと思うの。大変だった二十四年の人生の中で少しも変わらなかったのは、意思堅固な性格。朱に交わっても他の色に染め返すくらい、私は自分の考えを持っているわ。そんな私でさえ、傷ははっきりと残っていたわ。冷たくされて傷つかない子はいない。心の傷は目に見えないから人は気づかないでしょ？　それはよく知られていることだと思うけど、気づかないのは人だけじゃなくて自分も同じということもあるの。傷はある日ひょっこり顔を出して、その人を脅かすものよ。

私は時々父や母と激しく口論している夢にうなされるわ。夢の中の私はぶたれ、罵られる。昔と違うのは、私が大人になってそこにいるということ。夢の中の私は、彼らをぶち返す。そういう時は彼らの胸ぐらを摑み、罵声を浴びせて泣き叫んで、私じゃないような醜態をさらす。朝起きると布団は全部はがれ落ちて、見覚えのない青痣がたくさんできているの。捻挫をしている時もあるわ。顔をぶつけたらしく、鼻血を出している時もあるのよ。両親がいる時にうなされるのは少しまし。叫び声を上げて飛び起きると、どちらかが来て慰めてくれる。祖父がしてくれていたように、

「怖くないよ」と言いながら頭を撫でてくれるから。

両親は共働きで、彼らが出勤したあとに目覚めた場合は当然一人ぼっち。それでも悪夢は普段通りだから、私は自分で何とかするしかないわ。私は泣きながら、「あれは夢。本当じゃない」と何度も繰り返して呟く。ウサギのぬいぐるみの〝みーこ〟をぎゅっと抱きしめていると、少しずつ気分が静まってくるわ。私はもうすっかり大人なのに、〝みーこ〟が隣にいないと眠れないのよ。ふわふわの茶色の毛は、どんなお薬よりも私に効くの。一人ぼっちで泣きながら目が覚めるのは、いい気分とは言えない。そういう時は決まって熱を出すから、震えて寒いのに手のひらだけが燃えるように熱いわ。その感覚だけでも憂鬱になるの。

少しは落ち込むことに没頭できる性格だったらよかったのかもしれないけど、自分が落ち込んでいることが性に合わない私は、掃除機を片手に家中を駆け回るわ。家具を動かして、隅から隅までホコリを吸い尽くす。吸い取るホコリがなくなったら、クローゼットの物を全部出してもう一度しまうの。その時点で悪い汗は良い汗に上塗りされているのよ。たくさんお掃除をしてかいた汗だと思えば、少しは気が楽になるでしょ? 安全策として、ドラムを叩くかティン・ホイッスルを吹くわ。リヴァーダンスのDVDに合わせて気ままに踊っていれば、大抵の悪い夢はどこか遠くに行ってしまうの。

それからシャワーを浴びて、新しいシャツに着替えればいつもの私に戻れるわ。それなのに涙が出る時は、観念してもう一度寝るの。間違いなくうなされて、また泣きながら目が覚める。だけど、確実に数時間は過ぎるから、私にはそっちの方がいいと思えるのね。そうやって同じことを何度か繰り返しながら、フラッシュバックの悪夢が終わるのを待つわ。それが、私に尽くせる最善の方法。

フラッシュバックは後遺症みたいなものだから、きっと治らないんだと思うわ。私が自分を苦しめないためにしたのは、割り切ること。一生付き合っていくものとして認めたこと。多ければ三週間はぐっすりと眠れるのだから、それで充分。仕事から帰った母がすっかり片づいた部屋を見ると、「また怖い夢を見た？」と言って頭を撫でてくれるの。八月は夏休みで帰省している妹が抱きしめてくれる。一人暮らしは経験があるし、きっとこの先のどこかでまたそうなるわ。さすがにドラムは持っていけないでしょうけど、私にはティン・ホイッスルがあるし、〝みーこ〟がいるから大丈夫ね。

宝物

アスペルガー症候群の記憶が特殊なせいで、私のフラッシュバックはとても凄まじいの。経験してきたすべての嫌な出来事が、まるで今の出来事みたいに再現されるから、私はいつも追い詰められて逃げ惑わなければいけないわ。どこへ逃げても夢は追いかけてきて、私を脅かす。

だけどそんな時に私を助けてくれるのも、特殊に刻み込まれた記憶なの。悪い記憶と同じように良い記憶もとても鮮明に残っていて、そのおかげで私はいつも救われるわ。そして、アスペルガー症候群でよかったとさえ思うの。

私は祖父を「大お父様」と呼ぶ。大お父様はとても魅力的で、誰もが惹きつけられるような雰囲気を持った人だったわ。それなのに、近づくのが畏れ多いと思わせる神秘的な空気をまとっていて、彼の側にいてもいいという特権を与えられたのは私だけだった。

大お父様の周りには不思議なものがいっぱいあって、私が一番好きだったのは金色のペーパーナイフだったわ。クローバーが四つ彫ってあったと思う。それを使って手紙を開封する彼は、所作が素晴らしく紳士的で、二つそこそこの私から見ても素敵だった。窓からさし込むお日様できらきら光るペーパーナイフがあれば、私も大お父様のように素敵になれるかしら、と思って手を伸ばそうとすると、大お父様は「危ないから、おやめ」と優しく言うの。私が「はい」と言うと、彼は必ず私の頭を撫でてこう言ったわ。「お前はいい子だね」って。大お父様に撫でてもらうと、それだけで一日が完璧に思えたわ。彼は使い込んだ古い万年筆を持っていて、大きくなって仕事を持ったら私も買おうと心に決めたのを昨日のように思い出せるの。

甘い物が好きだった祖父の部屋には、いつも黒砂糖があったわ。岩石みたいな塊が袋にいっぱい入っているの。「おいで」と呼ばれると、私は嬉しくてたまらなかったわ。「あーん」と開けた口の中に、小さく崩した黒砂糖を入れてくれたから。体の弱い私には、黒砂糖はちょうどいいおやつだったわね。私が頑張るのを見ると、「はい、行ってよろしい」と大お父様が言う。そう言って微笑む彼が一番好きだったわ。甘納豆に羊かん。お饅頭にお団子も、私が和菓子ばかり好きなのは、大お父様の遺伝ね。

彼はお酒も大好きで、嗜《たしな》みというよりは酒豪だったと思うわ。家族はそのことをよく思っていなかった。体を心配してのことだったのだろうけど、私はほろ酔いの彼が嫌いではなかったわ。いつもより少し声を出して笑うし、いつもより多く黒砂糖をもらえたから。私はもう一人の人格だった時、お酒を飲めたみたい。唯一の悪い行いは、法に定められた年よりもうんと早くにお酒を飲んだことだわね。きっと大お父様は「よろしくないね」と言うはずだわ。人格が違うと嗜好も違うのかしら？　本来の自分に戻った私は、完璧な下戸よ。料理酒の分量がほんの少しでも増えただけで舌がピリピリしちゃうもの。私の分まで大お父様が飲んでいったのね。

私が祖父から教わったのは、分別を持つこと。努力を惜しまないこと。正直であること。そして、どんなものにも心があることを忘れないこと。彼は誰からも愛されるような純粋な心の持ち主で、言葉を持たない動物にも愛されていたわ。我が家の軒下にはよくスズメが遊びに来るの。警戒心の強いスズメだけど、祖父の魅力の前には鎧を脱ぎ捨てていたみたい。他の誰かが通ると逃げても、彼が現れると必ず戻ってきたわ。「動物にも心があるのだから、優しく扱ってあげなさい」といつも言っていたわね。

祖父が他界して数年後、我が家の二階に子スズメが迷い込んできたことがあったの。とても震えてひどく怯えていたわ。知らない所に迷い込んだのだから、怖かったのでしょうね。フンをお漏らしして、カーテンの裏で丸くなっていたの。私の手の中に収まってしまうくらい小さかったわ。窓の外にはスズメがずらり。電線にとまって、私の方を見ていたのよ。私が子スズメを窓から放すと、スズメが一斉に飛び立ったわ。あんなにたくさんのスズメを一度に見たのは、生まれて初めてだった。そのあとに小さなスズメと大きなスズメが窓の前に戻ってきて、「ピィチピィチ」と鳴いてクルリと回って飛んでいったの。大きな方はお母さんかしら？　私にお礼を言ったのかしら？　とにかく、素敵な思い出でしょ？　雨が降った時にスズメが雨宿りに来てくれるような家であれたら、きっと大お父様は喜ぶわね。

私が望む生活は、祖父が望んだ生活とよく似ているわ。穏やかで、風や雨や、自然の音が聞こえるような平和な毎日。彼と一緒にいれば、静かな生活は手に入るはずだったけど、残念なことにそうはならなかったの。私の大お父様は、私を残して逝ってしまったから。もう二度と会えないのだと教わった時、私は決して「平和な毎日」が手に入らないことを知った。サミュエル・ロジャーズの「小さな願い」の風景に思いを馳せながら、私は毎晩布団の中で泣いたわ。大お父様は時折寂しい目をしていて、どこか遠くに行ってしまうのかと思う時が何度もあった。家族がバラバラで過ごすのは、私に始まったことではないの。何代も何代も続いてきた悪い伝統が彼を苦しめていたことに、誰も気づいてあげられなかったし、気づいていた私は、あまりに幼すぎて何もしてあげられなかったの。

私が側にいることを喜んでいた彼は、私の中に「新しい我が家」を見出したのかもしれない。家族が一緒に生活できる新しい我が家。もう二度と、誰も寂しさを知らない我が家。私が新しい風を吹き込めるように、大お父様は一生分の愛情を私に注いでくれたの。祖父の部屋で懐かしい匂いがする時があるわ。温かい視線を感じる時は、祖父が本を読みに帰ってきている時だと思うの。長い年月を費やしたけど、私は風を吹き込めたみたい。アスペルガー症候群の私は、想像力と文章力の贈り物をもらったわ。そのふたつはとても気に入っているし、せっかくの贈り物だから大切にするつもり。だけど、私がアスペルガー症候群の特質で一番好きなのは、大お父様との記憶が風化せずに私の中で生き続けているところ。一生揺らぐことなく、私の一番の宝物なの。

第三部

アスペルガーの私に、家族が愛せるか？

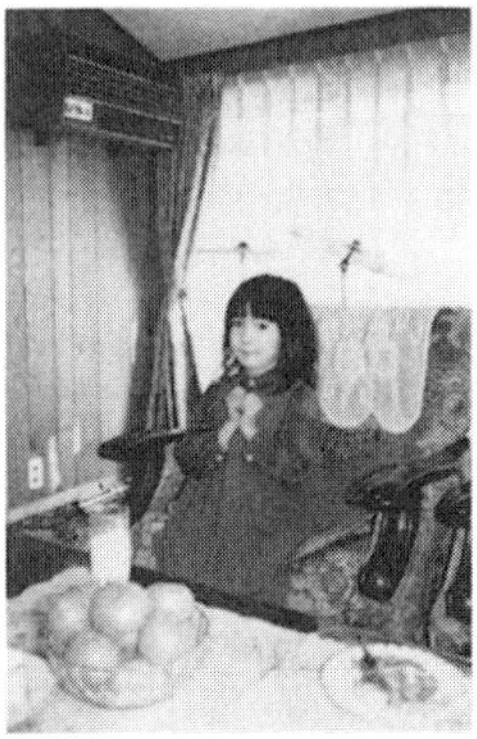

私の生まれた環境

人は誰も、真空の中に生きることはできません。アスペルガー症候群であっても、そうでなくても、皆ある定められた環境の中に生まれてきます。

偶然、持って生まれた資質と環境の相性がよければ、精神的に健やかに育つことができるのかもしれません。けれども全員が、そういう幸運に恵まれるわけではありません。

私の場合はどうだったのでしょうか。

よほど遺伝子の中に野心の才能を組み込まれていない限り、私の生まれ育った家に「最初の子」として生命を受けるのは、非情なことだと思います。我が家はいわゆる地方の旧家で、私は二人姉妹の長女でした。

都会に住む人々の間ではさほど意識されることのない「旧家」とは、例えるならば、代々受け継がれていく老舗の暖簾《のれん》です。私の住む地域でこういう家に生まれると、内でも外でも、物心つく前から、その暖簾がいかに大切なものか、嫌というほど叩き込まれます。暖簾を受け継がないことがいかに愚かで、自分勝手で、分別のないことか、徹底的に教え諭されたことは、私が生まれたこの時代にはあまりにも荷の重い現実でした。

四歳のある日。私は遠くに旅立った祖父の本棚の前に腰掛けて、いつか新聞記者になることを彼に誓いました。次の日は新聞記者で英語の通訳もする大人になる、と彼に付け足しの報告をしました。祖父はジェンダーフリー支持者ではありませんでした。それでも、どんな人も「一人の人」として扱われるべきだという考えを持った人だったように記憶しています。私は夢見がちの少女でした。ただ、将来の夢は「憧れ」ではなく、「それでご飯を食べていく」というリアリティーを持っていて、「私、通訳もするけど、本当は作家と言える大人になるわ」と彼に再度誓いをかけた六歳の日から、夢はまだ変わっていません。

リベラルな祖父に育てられなかったら……。リアルな夢を持っていなかったら……。しかしすべては仮定にすぎず、私は重い暖簾のかかる由緒正しい家に、リベラルな思想と高い志を持って生まれてしまったのです。

初めから自由はありませんでした。心の中で空想して遊ぶ以外で私に許されたのは、礼儀作法の習得。お勉強。優雅な振る舞い。すまし顔。そして、手塩にかけて育てられたかのような雰囲気を持つことでした。私は姿勢がよすぎます。正しく言うならば、もう、筋肉が硬直を覚えてしまっているのでしょう。母方の親戚の家で、寝転がってテレビを観るいとこ達を、物珍しそうに見ていた私。家で同じようにテレビを観たために、ひどく叱られた私。「甘やかされて育って、大人になったら苦労するよ」と周囲に陰口を叩かれる私。それなのに、昔ながらの伝統の色濃く残る地域で、この家の娘だからと媚びを売られる私。私が飼われている籠は、とても立派で、頑丈でした。

お金は使い続ければいつかなくなるでしょう。私が背負わされていた「伝統」は、残念ながらそうではありませんでした。小学校時代、私はこれがいつかはなくなることを貪欲に欲していました。私はいずれ相応しい相手を婿取りし、この家の暖簾を次に渡すためだけに生きていたような気がします。なぜなら、そう言われて育ったからです。「伝統」の価値を無条件に信じていた人々の間でアスペルガーの私は、「言葉」の意味を無条件に信じて育ったからです。

あるお正月、大叔母が、「あなたはあなたのおじいさんと同じ目をしてるわね」と私に言ったことがありました。そして、お守りに、と小さなダイヤのついたルビーの指輪をくれました。あれから十年近くの時が経ち、今は、その指輪をしながら、この本を書いています。

暖簾は決して消えません。それでも、私はその暖簾を下ろし、大切に仕舞うことにしました。夢はまだ変わりません。通訳にも、作家にも、やっぱりなりたいと思っています。

ただ、もう一つ、大きな夢を祖父に誓いました。私は私の人生を、精一杯幸せに生きる。幸せになること。それは、今までで一番大きくて、素晴らしい夢だと思っています。

必ず通り過ぎるべき時代

父はアウトドア派で、私はインドア派。彼はエレキ音楽が好きだけど、私はクラシック音楽の方が好き。聴いてもケルト音楽かカントリー音楽だけど、彼は好きじゃないから一緒にパッツィー・クラインの話では盛り上がれない。バイク好きの彼はバイクを何台も所有しているけど、私はバイクが大嫌い。エンジン音を聞いただけでかんしゃくが起こるから、当然話には加われない。

父は怪談話が好きだけど、私はひどく怖がり。我が家には代々一人は怪談好きが必ずいて、祖父も私をよく怖がらせていたわ。祖父から父を経由して、今は妹に受け継がれているから、怖い番組が目白押しの夏は大嫌い。彼はお笑いが嫌い。だけど私は大好き。彼が雨でバイクに乗れないのを嘆くのと同じくらい、私も番組を見逃したら泣きそうになる。

つまり、私と父の間には共通項がほとんどないの。私たちが二十年近くほとんど関わらないも同然で過ごしてきたことに、この事実は少なからず関わっていると思うわ。

ただ一つだけ私たちに共通点があるとすれば、極めて完璧主義者なところね。父は強い責任感を持って仕事をしていてワーカホリックなところがあるけど、私も完全に同じだわ。父はとても仕事のできる人だし、何でも完璧にこなせる。誰かが一つのことをやっている間に、三つのことを完璧にやり終えるような人よ。もちろん日頃からすごく努力をしている人でもあるわ。彼の成功を知っている人の中で、もしもその成功が運によって与えられたものだと思っている人がいるとしたら、私は真っ向から否定できるもの。彼のように努力を惜しまない人はあまりいない。そういう面で、私はすごく彼を尊敬できるわ。

彼の性格でもう一つ尊敬できるのは、とても愛妻家だというところ。例えば池で私と母が溺れていて、どちらか一人しか助けられないとしたら、父は母を助けると思う。本人に聞くと心外というような顔をしたけど、私は間違いなくそうなると思うわ。そして、私もそれでいいと思う。子どもは成長したら親元を巣立つから、私が大人になった今となっては、一緒に生きていく伴侶を大切にすべきだと思うの。これは持論だから、意見が違う人もあまり気にしないで。

とにかく、父はとても母を大切にしているわ。この二人を見ていると、人間は±0の間柄が一番理想的なのかもしれないと思えてくるわね。母は優柔不断でゆっくりした人よ。間が抜けているし、笑い声が甲高いから私はいつも頭にくることばかり。我が家で一番頼りなくて、いつも私と父に迷惑をかけるけど、絶対にわざとやっていないから憎めないわ。母は可愛らしい人だと思う。調子に乗るといけないから言わないけど、私は母が少しだけ羨ましい。手を貸してあげたくなるような雰囲気の人だから。私には絶対にないことだわ。誰が見ても私は全て一人でやれそうな雰囲気だもの。

　父と母は全然似ていない。性格はどちらかというと真反対のところに位置しているけど、どちらも普通の家庭を夢見ていた人。なぜか私に関係する人には多忙がつきまとうの。父の両親も母の両親もあまりに多忙で、二人とも子ども時代を両親とは過ごしていないから、家庭的な家を作りたいという共通の価値観があったのだと思うわ。だから、夫婦としては理想的な関係を築けたのだけど、二人とも「親と子どものあるべき関係」を知らなかった。教わっていないことは知らなくて当然だと思うわ。だから私は彼らを責めたりはしないことにした。もちろん、これからの人生で親の役目を放棄しようとしたら私は怒るけど、少なくとも私たちが過ごしてきた過酷な日々の間、彼らは自分が知らないということすら全く知らなかったのだから。

　母は子どもの頃、父ほど裕福な生活をしていない代わりに、父ほど厳格な暮らしもしていない。だから彼女には少し自覚が足りないところがあって、時々とても子どもじみた考え方をするわ。自分に責任を持って生きるということは、子ども時代に親から教わるべきことの一つだけど、彼女の両親もまた忙しかったから、それを教わっていないのね。私は彼女によく注意をするわ。「大人としての自覚を持ちなさい。学校の勉強ができる、できないではなく、人生から学び取ったことがあるでしょ?」とね。

　母は自分が教わっていないから知らなかったということに気づいてから、とても変わったと思う。そして私と母は、よく一緒に外出する。買い物をしたり映画を観たりして、一緒の時間を過ごすようにしているわ。世の中では友達みたいな母子が流行っているけど、私たちに必要なのは母親と子どもとしての生活。お互いにお互いから母性を学んでいくことが、私たちの最重要課題。母は子どもを甘えさせることを学べたし、私は母に甘えることを学べたから、私たちの関係は本来の母子に近づいてきたと思うわ。

反対に父は子どもの頃からとても自覚を伴わなければいけない生活を強いられたから、人を気遣う余裕を知らないし、人から気遣われることもあまり経験がない。彼はしっかりしている反面、弱音の吐き方を知らないところがあるから、私は頻繁に彼の体を気遣うようにしているわ。

子ども時代には必ず愛情を注がれるべきだと思うの。愛情に多すぎるなんて事はないわ。甘やかすのと愛情を注ぐのは同じことではないから。そして、子ども扱いするのと子どもとして慈しむのも全く違うことよ。どんなに頭が良くて手におえない子どもでも、親は愛情を注ぐ必要があると思う。愛情の受け方を教わらなかった子どもは愛情の注ぎ方も同時に知らないってことを、私たちは身をもって体験したから、子どもは愛してあげることをおすすめするわ。

彼らは二度と子ども時代には戻れないけど、子どもの時に教わるはずだった感情を今吸収して、彼らなりに消化したものを今度は私に教えてくれているところよ。私も子ども時代を子どもとしては通り過ぎることができなかったから、今から学ばなければいけない感情がたくさんあるの。私は甘え方を知らないし、アスペルガー症候群のせいで、愛情を注がれてもその愛情を認知できないところもあるわ。私が認知できなくても、彼らは愛情を注ぎ続けてくれるし、私も彼らが私のことを想ってくれていることは理解できるから、いつかその愛情を実感できる日が来ればいいと思っているわ。

私は少しだけ人に甘えることを学べたみたい。反対に甘えられるのは得意だから、毎日をこんな風に過ごしていれば、今に愛情の注ぎ方も注がれ方も身につくわね。私も両親も「子ども」であるべき日々を卒業し、きっと私は「子ども時代」を通り過ぎることができたんだと思うわ。

本当の家族になるために

私には三つ年下の妹がいるわ。彼女は私と全く正反対の性格。のんびり屋さんで、とても穏やかな性格よ。両親と過ごす時間内は彼らの愛情を一身に受けていたけど、それでも普通の家庭に比べれば、彼女も家族とは過ごしていない方だと思うわね。忙しい両親に代わって彼女の面倒を見たのは私だった。三つしか離れていないけど、私は充分に母親役をも務めたわ。私は彼女の保護者だったの。そりゃあ、保護者参観日には出られないし、三者面談には母が行ったわ。私が務めた母親役は、しつけや愛情を注ぐこと。苦言を吐くのも母親の役割でしょ？　買い物の仕方を教えたのも私。そういう意味で母親役を務めたの。

ところで、私たちの母が子ども嫌いの冷酷な人間というわけでは決してないからね。とにかく彼女は忙しくて、仕方のないことだったの。そういう家庭は我が家だけではないと思うわ。

私と違って妹は健康だったので、食欲も旺盛だった。学校から帰った子どもがお腹を空かせているのは当然だけど、私たちが帰宅する時に母は仕事でいなかったので、私はいつも「おやつ」

を作っていたわ。ちなみに、祖父は料理好きの上にかなりの腕前だったの。私が早くからお料理を始めたのは、きっと祖父の影響でしょうね。お料理はとても好き。だけど普段、炊事をすることは少しもないわね。それは、幼い頃に祖父から聞いた言葉が見事に「すりこみ」されているからだと思うわ。祖父はよく私に言っていたの。「料理のできる女性は素敵だけど、女性の手は繊細で水仕事には向かないから、男性がやってあげるべきだね」ってね。この意見は賛否両論を買いそうだけど、とにかく、私の中にしっかり根づいてしまっているみたい。

だけどその一方で、「料理のできる女性は素敵」という言葉も印象的だったので、私は祖父に「素敵な女性」と思ってもらえるように、小学校の三年生あたりから料理の練習を始めたわ。始めは簡単な卵料理からだったわね。卵焼きに目玉焼き。炒め物にも挑戦したから、二、三ヶ月も練習を重ねたら、私はオムレツを作れるまでになったの。強制的に「右利き」にされたことは包丁を使う時に役に立ったりもしたわ。こんなところで役立つとは考えもしていなかったけど。料理をする時はいつも、妹を側に待機させておいたわ。私はあまり調味料を受けつけない体質だし、第一に卵アレルギーだから味見ができなかったのね。塩コショウをしては、「はい、食べてみて」の繰り返し。料理は人間関係を円滑にするための手段だわね。おかげで私たち姉妹は、いつも仲よしでいることができたわ。今では私の料理の腕は我が家で一番にまでなったけど、やっぱり私はちっとも炊事はしないわね……。

私が育て上げたと言っても過言ではない状況だったから、私はとても彼女が可愛くて仕方なかったわ。彼女が小学校に上がってからは、一緒に登校できるので楽しかったし、アレルギー性鼻炎でひどく鼻血を出す子だったので、休み時間には毎時間彼女の教室をのぞきに行ったりもしていたわね。自分自身がイヤというほどイジメを体験していたものだから、彼女がイジメにあったりでもしたらどうしよう、って、想像し過ぎたせいで気分が悪くなったりしたこともあったわ。だから、世間の親が過保護になる気持ちはよく理解できるの。

私は「自分に厳しく、人にも厳しく」の言葉が人間化したような存在だから、当然、妹にも厳しかったけど、絶対に過保護だと思うわ。これは断言できるわね。ドラムで手首のスナップが鍛えられていたし、「手」の力だけみると相当な怪力だったので、私はいつもこう考えていたの。「あの子に何かしたら、鉄拳をお見舞いしてやるんだから」ってね。その頃はなぜかブルース・リーに心酔していてカンフーの形を練習していたから、きっとボコボコにできると思っていたんでしょうね。

彼女のことは、本当に大切だったけど、同時に大きな劣等感も抱いていたわ。彼女は私がなりたくてたまらない「人間」だったから。優しさや愛情という美徳に囲まれて育ってきた彼女は気立てのいい子だったし、従順で、だけど、すぐにむくれる欠点もあった。彼女には長所も短所も感情も、ちゃんと揃っていた。人間が生まれてきた時に、最低限持ち合わせているもの。私が欲しくてたまらないもの。彼女はそれを持っている「人間」だったから、私はいつも劣等意識にさいなまれたわ。

私は彼女になりたかった。そういう思いが強くなった頃、私は彼女と一緒にいることをやめたわ。今考えればそれは「嫉妬心」だったと思う。だけどその当時の私は、その感情を自分で理解することができなかったから、自動的にフタをしてしまったのでしょうね。頭が混乱するのを避けるためには、その項目を排除するしか方法がなかったから。

私はいつも寂しかった。何に寂しいのかは分からないけど、いつも漠然とした孤独感で押し潰されてしまいそうだった。何万光年も離れた宇宙の片隅で独りきりでいるような、そんな感じだったわ。不安と孤独で、全身に針を突き刺されているみたいな気持ちだった。だけど、私は寂しいという感情を表出する手段を持っていなかったの。どうやって表せばいいのか知らなかった。

感情で表せない私は、そういう時に料理をするみたい。私が何か作るのはいつも決まって寂しい時。美味しいお菓子を作れば、誰かが食べてくれるでしょ？　誰かが私の作ったケーキやクッキーに興味を持っていてくれる間だけは、その人と空間を共有することができたわ。料理は他の人が住む世界への魔法の扉。私は度々そのドアを開いたけど、残念ながら外に出ることは一度もなかったわ。誰かに「美味しい」と言われてイヤな気持ちはしなかったから、私は時間さえあれば何か作っていたと思う。あまり感じることができないように見えて、私は寂しさでいっぱいだったのかもしれないわね。料理をしている間は必然的に妹が側にいるから、心で距離を保ちながらも、私はいつも彼女と時間を過ごしたの。

私は少女時代、子どもらしいことは何ひとつできなかったわ。私が生まれた家の歴史は少なくともアメリカ合衆国建国の歴史より長く、さかのぼればまだまだ古い。都会の人には信じられないでしょうけど、地方でそういう家に生まれると、まず「自由」は望めないわ。ひっそりとは暮らせない。常に伝統と格式の重圧が圧し掛かり、私は「小さな〇〇ちゃん」ではなく「〇〇家の長女」としてしか見てもらえないの。

しかも、世間の目は「裕福」などといった良く見える点にしか向けられずに、度々陰口の対象にされる。私が背負わなければいけなかった「期待」には誰も気づかず、プライバシーはあまりない生活。そして、それは長女として先に生まれた「私」だけが持たなければいけないものだったわ。私はそういった「縦」の物の見方が心底嫌いだったけど、父の部下が子どもの私に頭を下げたり、「お嬢様」なんて呼ばれる生活が続くと、人を見下しはしなくても、高みから物を見る習慣がついてしまうの。

私は自分の中のジレンマと戦い続けなくてはいけなかったわね。この国の身分制度なんてとうに終わったはずなのに、忘れさせてくれないのは、むしろ周囲の人々の方だった。そういう悪い伝統を初めて変えようとしたのは、誰でもない祖父だと思う。彼はとても気高い人だったけど、どんな人にも平等に温かく接していたわ。そういう祖父に育てられた私だからこそ、伝統でガチガチの体制が続いていた我が家には、どうしても馴染めなかったのだと思うの。

早いうちに自立心が育ってしまったし、母親の役目もしなければいけなかったから、それはそれでいい結果を生んでいると思う。子どもが好きかどうか聞かれてもピンとこないけど、子守りは得意分野になっているもの。人に何かしてあげることに支障はないわ。だけど、私には人に何かしてもらっても感じ取れない問題が残ってしまったの。アスペルガー症候群の症状の一つでもあるし、いつも「与える」立場でいなければいけなかったことも原因になっているはずね。誰かから想われることに関しては、特に感じ取れないわね。感情は目に見えないもの。頭の中で「映像」として処理可能なものしか私は理解することができない。しばらくは、お金や品物でしか愛情を感知できなかったわ。

長い間そんな生活をしていたからだと思う。両親は私をひどく傷つけていることは分かっていたみたい。だけど、私たちはまともに会話をすることができなかったから、解決策はいつも「モノ」だったの。お金や品物は私たち家族を繋《つな》ぎ止めている唯一の媒体だったように思うわ。

実は病気がすっかり治った二〇〇二年の夏、私は家を出て人生を楽しもうと考えたの。色々なことがしたかった。病院に行く以外で他の土地を旅行したかったし、少しでも本来の自分を取り戻したかったわ。だけど私は、家に残ることを決めたの。理由はただ一つ。私は愛情を感じ取れるようにならなければいけないと思ったからよ。

私は肉親からの愛情さえ感じ取れなかった。それは後々大きな障害となって私を苦しめる気がしたから、私は家に残って両親と生活してみようと考えたの。彼らに子どもを愛することも教えたかったし、私も誰かの「子ども」になりたかったわ。愛されることを知らないままでは、絶対に幸せになれないという確信があったの。私は幸せになりたかった。愛される実感を持たないって、とても寂しくて不幸なことだもの。そう思わない？

私はいつも、どんなことにも定義を立ててしまう。「愛情を感じる」の定義はすごく厄介だった。「今、愛情を注がれている。それを自分が感じていることを理解できている」ということを「感じる」というのかしら。それとも、ただ「嬉しい」と思うことを「感じる」というのかしら。前者が「感じる」というものなら、私はまだ感じていないことになるわ。そういう筋道が必要なのも、結局はアスペルガー症候群の特徴らしいんだけど……。毎日こんなことを繰り返すのは、かなりおっくう！

だけど私には、それをやめない理由が一つだけあるの。それは、「私も愛情、注がれてみたいな……」という意思を持つようになったこと。初めは戸惑ったわ。こんな風に考えるなんて、私はもうアスペルガー症候群じゃないんだわ。そう思ったの。でも、それは間違いよね。もっと素晴らしい発見だったんだから。アスペルガー症候群だけど、私は「愛情を感じたい」欲求を持つようになった。「感じ取れる」ようになるかどうかは、結果的なこと。今は、私だって答えられない。だけど確かに、私には欲求が生まれてきたの！

もちろん、ある意味で私たち家族は二十何年ぶりに生活を共にするようなものだから、はっきり言って簡単にはいかないわ。まず、ちっとも会話が続かないの。お互いに、何に興味があるのか分からない。同じ空間に存在していて、一番気まずいものって沈黙よね。話すことがなければ、おのずと沈黙はやって来る。だから、結局は別々の部屋に行ってしまうわ。私たちはまだ、それほどにお互いのことを知らないの。毎回同じような失敗をしているし、正直なところ、たまには投げ出したくもなる。彼らは手におえない厄介な人たちよ。だけど、頑張ってよかったと思える時が確かにあるわ。前よりもお互いに正直で過ごせるから。

無視し合うより派手にケンカをする方が、私にはずっと価値のあることだと思うの。そして、家族として生活をしていく中で、私と妹の結びつきは前にも増して強くなったわ。彼女がいることで、私は大いに助けられているの。彼女の助言はとても適格。彼女以上に私を分かってくれる人はいないと思う。そして、彼女が私を理解しようと努めてくれることは、何よりも私の原動力になるのよ。

大体こんな風に思えること自体、私には信じられない進歩だわね！ 理解してくれる他人がいることも素晴らしいことだと思うけど、家族が理解を示してくれることは一番大切なことだわ。両親は私のことをほとんど知らなかった。どんな本が好きで、どんな音楽を聴いて、どんな生活をしてきたか全く知らなかった。そして、私のことをひどく誤解していたの。アスペルガー症候群の症状は誤解されやすいし、誤解しているのは他人だけではないわ。

家族との繋がりがなくなってしまったら、アスペルガー症候群の人間は本当に孤立してしまう。文字通り「孤立」よ。家族と過ごすことはとても大切なことだし、そう思えるような家庭環境を作ることはもっと大切なことだと思うわ。ただ、私にとって「家族」になることと「親子」になることは大きく違うから、この先の人生で親子になれるかどうかは、本音を言うと分からない。

そうなることを拒んでいるのは、きっと私の方だと思うわ。あまりにも空白の時間がありすぎたし、どんな時も「大お父様」としての祖父が心の中に住んでいるから。

私と同じ気持ちを抱えている人へ。どうか気負わないで。私もそうするから。季節が移り変わるように、自然に任せることがいいことだってあると思うの。そしてご家族の方は、そのことに対して悲しい顔をしないであげて下さい。そんな顔を見た時、私たちは受け入れられない自分に失望し、もっと悲しくなるんですよ。動物だって育児放棄をする時代です。個々の人格を持った人間同士なら、なおさらデリケートな心持ちが必要だと思います。

この章はもっと明るい話題で締め括りたいから、私の近況をご報告するわね。私と妹は今では双子みたいな姉妹になっているのよ。以心伝心ができていると思うわ。長らく置き去りにされていた私の「子ども心」が今頃になってひょっこり顔を出すこともあるので、姉と妹の立場が逆転する時もあるの。私は彼女にイタズラしてばかりいるわ。騙《だま》したりもするわね。もちろん悪意のない騙しよ。美味しいケーキを買ってきた時に、三倍くらいの値段を言ったりするし、アクセサリーをプレゼントした時は「一点もので、装飾作品としても価値があるものなのよ」なんてホラを吹いたこともあるわ。私は大学での専攻が美術史だったから、彼女はすっかり騙されてしまうの。ただし、私は「嘘」をつくのが得意じゃないのかもしれないわ。すぐに笑ってしまうし、そういう時の私は「ぐふふ」だとか「いひひ」だとか妙な声を出しているらしいから、彼女にすぐ感づかれてしまうの。おまけに「愛嬌のいいシーサーみたいな顔をしている」と言われたから、きっととても変な顔になっているんでしょうね。何でも顔に出てしまうから、私のイタズラは結局のところ、ただのイタズラ止まりになっているわ。経験できなかった「子どもらしさ」を、私は取り戻そうとしているんだと思う。それは私には大切なことだと思うわ。

近い将来、この選択が正しかったと思えるように毎日を大切に過ごすこと。そしてどんなに遠い未来でも、いつか本当の家族になれることを信じて、私は今ひたすら頑張っているところよ。

気づかなかっただけの親の愛

私は、年齢的に人生の過渡期にいると思うわ。今年の冬二十五歳になる私は、現代なら、親と暮らしていてもまだひどくおかしいとは思われないし、相手がいるなら、自分の家庭も作れる。子どもでも大人でも、どちらでも選べる位置にいたからこそ、分かることもあるみたい。

とんでもなく風変わりな好みの男性が現れない限り、今のところ家庭を持つ予定はなし。

その一方で、私は少しだけ「子ども」を体験したわ。自分に自閉的な特徴があると知った上で「子ども」を体験したことは、私と同じような障害のあるお子さんを抱えていらっしゃる親御さん方に、少し、希望を与えられるかもしれないわ。

まず、結論から。いい事は早く知りたいものよね。

私は自分で思っていたよりも、両親に大切にされていたんだと知ったわ。それは、実感というより納得ね。それでも、納得できた事実は大きいわ。

私はとにかく感情の引っかかりが浅いから、度々「気づかない」ということがあるの。最近、身近な所に、私にとても似たものを発見したわ。携帯電話よ。いくら上等の機種にしたって、電波が届かなければ通じないわよね？　ことアスペルガー症候群に関してアンテナが拾える電波はとんでもなく少なくて、おまけに、圏外マークは表示されていないの。

私の両親は、私が圏外だと、ずっと知らなかっただけだった。おまけに、私自身も圏外だと知ったのは最近。

そういうわけで、私は今アンテナをたくさん立てられるように、こうやって本を書いているの。

自閉的だと感情が出ない、と自分で思い込んでいたのも「愛情の認知」を先延ばしにしていた原因かもしれない、と、最近考えるわ。自分の中に「感情」めいたものが生まれてきた時、気づかなかったことにしよう、と思ったから。すごく怖かったの。「感情」が出たら、私は自閉症スペクトラムから閉め出されるかもしれないと思ったのね。

違うわ！　自閉的でも少しずつ感じ取れるようになるなんて、とても明るい結果よね。

私は感じ方が浅い。両親も子ども好きとはいえないわ。それでも、彼らができる範囲で最大の愛情を示していてくれたと理解できたら、それは素直に嬉しかった。ご飯を作り置きしておいてくれたり、経済的な援助だって、本当に私が憎かったらしなかったはずよね。

最近、両親は私のことを少しずつ知ってきたみたいで、何だかとても好かれているの。「ろこちゃんは、すごくいい子だったのね。知らなかった。もったいないことした」とか言うの。私は「おいおい、今頃……」なんて言うわ。これまでは、彼らにとって「口答え」に取られていたけど、今は「実は嬉しいと思ってるでしょ?」と返ってくるのよ。少し考えると、私、ニヤリとしちゃう。そういうのを「嬉しい」と呼ぶんですって。

私にピッタリの言葉を見つけたわ。

「灯台、もと暗し」

見上げたら、案外遠くまで灯りの差しそうな灯台があると気づいて、海が荒れない限り、私は船を出せそう。

第四部

本物の自分を
受け入れられるように……

私、藤家寛子という人

アスペルガー症候群かもしれない、と思って、数種類の人格テストをうけたわ。その結果わかったこと。私という人間は、「知的、上品、寛大、快活、誠実、気丈、努力家、頼りがいがある、優しい気配りができる、素直、正直、純粋、ロマンチスト、物おじしない、世間話が苦手、他人に自己を介入させない、情緒的なつながりを求めることが苦手」なんですって。これは、テストをもとにして、お医者様や他の人の意見を参考にしながら導き出した私よ。

私、自分ではすごく毒づいた性格だと思っていたの。毒舌ってやつね。頭で考えたことはすぐに口から出ているし、思った通りに言うから、えらくパンチの効きすぎた口だなぁ、ってね。口が達者。ずばりそうなの。だけどそれは、素直で正直な性格の延長みたいなものなんですって。そうだったの？　それから、私はすぐにかんしゃくを起こすの。小さい頃はクッションにパンチを入れたりしていたわ。ボコボコって。乱暴だけどスッキリするのよ。そして「うぅぅ」と唸るの。

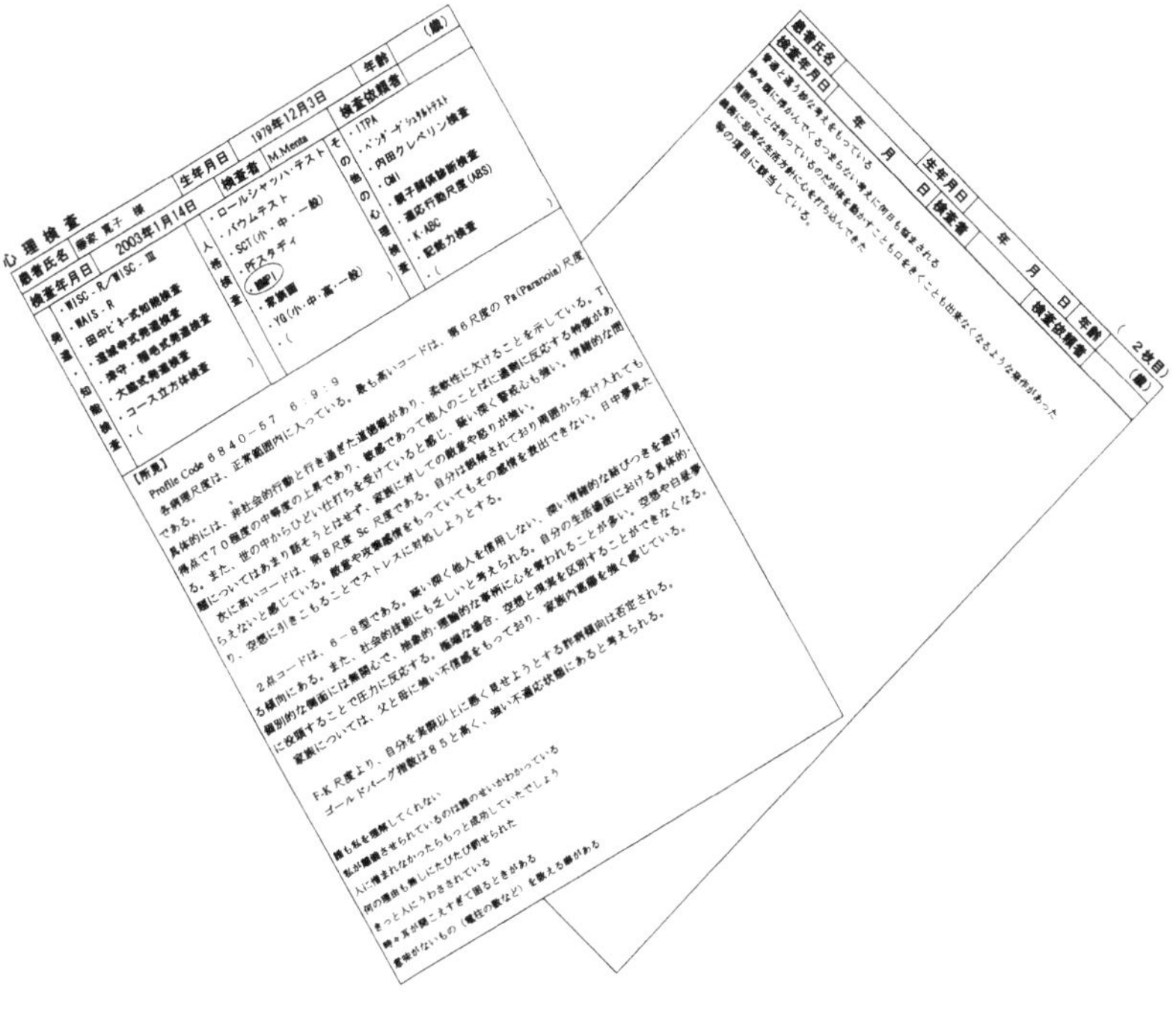

参考資料：
著者の心理検査

具体的には、非社会的行動と行き過ぎた道徳観があり、柔軟性に欠けることを示している。Ｔ得点で７０程度の中等度の上昇であり、敏感であって他人のことばに過剰に反応する特徴がある。また、世の中からひどい仕打ちを受けていると感じ、疑い深く警戒心も強い。情緒的な問題についてはあまり話そうとはせず、家族に対しての敵意や怒りが強い。

かんしゃくの原因はいたる所に落っこちているから、私はいつもガビガビしていなくてはいけなかったの。だから自分のことを、ひどく短気で狂暴な性格だとも思っていたわ。だけど、それもどうやら違うんですって。かんしゃくを起こしてクッションを殴るのも、妙な声を出して唸るのも、「私、今すごく混乱していて、それで一生懸命に自分を落ち着かせているのよぉ」っていうしるしみたいなもので、世間一般でいう短気で狂暴な性格じゃないんですって。びっくり。もしそうなら、「毒舌、短気、狂暴」、その三つを自分の項目の中から早く削除しなきゃ。そう思ったわ。だってそれが消えるだけで、私の人格は相当穏やかなものになるんだもの。

これは大げさでもなんでもないんだから。そして、こうも思ったわ。私が出しているしるしをみんなが覚えてくれたらいいのに、って。その知識を一般常識の中に組み込んでしまうというわけ。盲導犬や車椅子や、手話と同じ。見たらすぐに分かるモノ。それから世間話が苦手なのはアスペルガーの特徴なんですって。確かに、私はつまらない会話でお茶をにごせる性質ではないかもしれないわね。長いこと「高すぎるプライド」のせい、だと思っていたけど違うんだわ。内心一番劣等感を抱いていた部分だったから、何だかホッとした。

こうやって見れば、私もそうひどい人間ではなさそうだわね。

だからといって、私は自分のことを嫌いだと思ったことは少しもなかったの。何せ、自分のことを一番理解しているのは自分だし、自分で作った「秩序だった世界」はどこよりも居心地がよかったんだから。

自分が好きだっていうのが大きな救いであったことは確かよ。ただ、人が好きになってくれるような性格ではないんだろうなって、とても漠然とだけど、いつもそんな風に思っていたのも確かね。そこには自分の思い込んでいた間違った自己評価が原因していたでしょうし、他人に興味がわかない自閉的な特徴も災いしていたんだと思うわ。

私は筋金入りの頑固者。負けん気が強いのは闘病中には役立ったけど、これからは足を引っ張られないように気をつけなくてはいけないわね。

隠された自分への興味

いくつかの人格テストと心理テストをしたのだけど、その答えには何の驚きもなかったわ。正直なところ、少しがっくりきたくらい。あまりにも自分の診断と同じだったのは驚いたといえば驚いたけど……。こんなにも当たるものだったのね。それはお医者様も言ってらっしゃったわ。とにかく、私はがっかりしたの。もっと「隠された自分」みたいなものを知りたかったのに……。「裏の顔」みたいなもの。「ちょっと危険な香りのする女性」みたいなもの。

「危険な香り」といえば、私、大きく解釈を間違っていたみたい。危険な香りのする女性って、水戸黄門に出てくる「かげろう・お銀」みたいな人だって思っていたの。潜入捜査をするＣＩＡのシークレット・エージェントみたいな雰囲気の人。別にスパイになりたかったわけではないのだけど、秘密っぽい感じが「危険な香り」なのかなぁって、そう思っていたの。見た目そのままで、あからさまな性格の私には、「秘密っぽい」感じが全然ないんだもの。

でも「お銀」は危険な香りのする女性ではないんですって。「危険な香り」は妖艶な人のことを言うんですって。私「お銀」どころか「うっかり八兵衛」になるところだったわ……。私は知りたかっただけなの。自分の知らないことを。

それでも、一方では妙に嬉しかったりもしたわ。私の診断は間違っていなかった。私、えらい！　そんな風に満足が味わえるのは素晴らしいことだもの。おまけに自分のことをちゃんと把握できているなんて!!

テストで出た結果なのだからこれが私なんだわ、と、最近では合点がいったように見えつつも、実はまだ「他の一面」を期待していたりもするの。

他の顔になりたい

長患いの病気のせいで顔が変わるとよく聞くけど、私もその中の一人ね。四六時中寝ていなければいけなかったために目は腫れ上がって、いつも苦痛で顔は歪んでいたわ。私は何ともはっきりした顔立ちで、大きな目が腫れて睨みつけたようになった上に、これまた大きな口が「への字」に曲がると、私の顔はまるで「鬼の面」みたいになったの。

中学三年生の途中で、私の人生は大きく翻《ひるがえ》る事態にさらされてしまったわ。とても信頼していた人たちからものの見事に裏切られ、私たち家族は不幸のどん底に叩き落とされてしまったの。私も私の家族も、信じられないくらい傷つけられたわ。この頃から私の解離性人格障害は悪化していったと思う。二人の私が共存する時間はそう長くはなく、本来の私はそのあとすぐに閉じこもりがちになっていったわ。

もう一人の私はとてもクールだった。行動的で、とにかく「何でもござれ」な人間だったわ。彼女でいる間も病気でいることには変わりはなく、相変わらず顔は歪んだままだったけど……。

ストレスが蓄積されると左目がヒクヒクしてしまうチックもあったので、とにかく私の顔はすごい形相になっていったわね。

初めて整形を考えたのはその頃だったと思うわ。短絡的な考えでも、他の顔を想像することはなかなかの救いになった。整形をして人生が変わるかどうかは定かではなかったけれど、私はこの顔でいるのはもうイヤだったの。「鬼の面」になっても、やっぱり高慢ちきな顔立ちだとイジメられたから、迷いはなかったわね。

私の理想は幼稚園の時にテレビで見た中国の女優さんで、虞美人役の女性はため息が出るほど素敵だった。小学校に上がるか上がらないかくらいの頃に、父が中国に出張に出かけたことがあったわ。当時、我が家には中国文化も当たり前に存在していた。それは祖父がチンタオに住んでいた時代があったからだと思うけど、とにかく父は中国の伝統的な音楽も好んでいたので、出張先からたくさんのカセット・テープを持ち帰ってきたの。私はとても嬉しかったわ。綺麗な女の人がたくさん載っていたから。私は東洋的な顔立ちになりたくてたまらなかった。だから、整形する顔の方向性はわりと簡単に決まったの。目は細く切れ長がよかったし、もしも目がこのままならもう少し鼻は低くしたかった。「鼻、たーかだっか！」と言われ続けた嫌な思い出があったから。

それまで「整形」なんて言葉はタブーに等しかったのに、十代の終わり頃、巷《ちまた》は整形ブームだったわ。もう一人の私に押されて私は両親に整形したいと打ち明けた。もちろん大反対されたけど、私の剣幕と本当に死んでしまいそうな状況に彼らは渋々承諾をしてくれた。それからは早かったわ。病院にカウンセリングの予約を入れて、理想の顔を思い浮かべて、少し楽しかったりもしたの。まさか断られるなんて知らずにね。

そう。私は断られたの。整形はもう一度よく考えたほうがいい、と。うつ状態の時はしない方が懸命だ、と。おまけに、幅の大きな目を細くはできません、って。

私はショックで寝込んでしまったわ。その先生の一言で、この先のプランは脆くも崩れ去ってしまったから。皆がやっているのに私だけできない。その事実も私を打ちのめした。それからしばらくして私は病院に電話を入れたわ。確か、「病気が治ったら整形できますか?」とか、そんな風に言ったと思う。とにかく治れば大丈夫と言われたので、ひとまず私は落ち着きを取り戻したわ。だけどそれから半年の間、私は本格的に解離性人格障害の山場を迎えることになったから、その間一度も整形を考え直す時間なんてなかったわけだけど。

私がまともに起き上がれるようになったのは翌年の五月。今では想像もつかない修羅場を通り過ぎて、私は解離性人格障害を乗り越えたの。元気になれた私は懸命になった。まずは、食べて食べて食べ続けたわ。病気のせいで私の内臓機能の成長はほとんど足踏みしていた状態だったので、その当時体脂肪率はぎりぎり十パーセントくらいだったんだから。遅ればせながらやってきた成長期のために、少なくとも三ヶ月間はまさしく食べ続けたわね。今でも食欲はすごいわ。次に基礎体力作り。暇さえあればいたる所でストレッチをしていたわ。ウォーキングや縄跳びもやったわね。動けるようになるなんて到底予想もしてなかったから、私は動けるだけ動いたの。嬉しくてたまらなかった。そのうちの二週間くらいははしゃぎすぎて疲れたので病院で点滴を受けるはめにはなったけど、夏が来る頃には遠出をできるまでに回復したのよ。

そんなある日母が私に言った。「整形、どうするの?」ってね。私は整形のことなんてすっかり忘れていたの。遥か忘却の彼方だったわ。病気から解放されたおかげで私の顔は「鬼の面」から元の顔に戻っていたし、今までイヤというほど病院をたらい回しにされてきた私には、整形外科といえどもわざわざ病院に行く気なんて毛頭なかったのね。

それに加えて何よりも面倒くさかったの。目だろうと鼻だろうと顎だろうと、とにかく面倒くさかったの。二十年近く我慢できたんだし、まぁいいかぁ。やぁめた。私はさっさと整形することをやめて、美容院に行ったり、休学していた大学の勉強を再開したり(その当時は通信制大学に編入していたの)、とにかく日常生活を送ることに精を出したの。生まれ持った顔は私の理想とは違うけど、人は「まずまずだ」と言ってくれるし、こんなに元気になれたのだから贅沢は言っていられないでしょ?

こんな感じで私の整形計画は未遂に終わったわ。整形手術で人生観が変わるならそれはそれでいいと思う。だけどはっきりしているのは、私はしなくて本当によかった、ということ。そしてあの時止めてくださったお医者様に心から感謝しているの。彼の良識に。全ての整形外科医がその良識を持ち合わせているとは言えないと思うから。それに、もしあの時整形をしていたら、私の敬愛する祖父によく似ているなんて言われることもなかったでしょうからね。

ところで一つ気になるのは、私、数人の知り合いに整形すると宣言していたんだけど、しなかったと伝えた方がいいのかしら……？

もうひとりの私

誰にでも、変身願望は少なからずあると思うの。私が中学生くらいの時は、「高校デビュー」なんて言葉が流行ったわ。つまり、今までとは異なる環境で、新しいイメージを持ちたい、ということらしいの。中には本当に「高校デビュー」する人もいて、私は自分の中で、「あの人、ギャッツビー化したんだわ……」と、納得できる答えを探し出せたから、今までとその人の性格が変わっても、なかなか平常心を保てていたみたい。

私にも変身願望があって、それは本当にギャッツビーくらい「別人」になりたいレベルだったわ。

初めてもう一人の、完成された状態の私に気づいたのは、小学校四年生の頃。仮に、もう一人の私を「古都子」と呼ぶわね。この名前は、もしも来世で人間の女の子に生まれ変わることができるなら、つけてほしいと思った名前よ。しかも、これを書いている今考えたものよ。

私が古都子を作り出したんだわ。それは確か。私が彼女になる時は、いつも理由があったからなの。

年齢が上がるにつれて、周りの期待も大きくなったわ。陸上のハードルと同じ。どんどん高くなり、たまに、勝手に二段ばかり上げられていたりするの。

元来の私は、跳ばなくていいなら跳ばない性格。でも、跳ばなくてもいい状況は、一度も訪れなかったわ。

そういう時、私は古都子になったの。ここでは古くさい名前だけど、性格は全くリベラルで、とても女の子とは思えない考え方をする子だったわ。

彼女は何でも現実的で、理想なんて始めから抱かないの。どんな時も、最悪を予期しながらベストを尽くす。しかも頑固で、やり手の営業マンみたいだったわ。

小学校四年生で、そういう人格を作り出さなければいけないほど、学校や私の周りの大人の期待が大きかったのね。時代は裕福になり、心よりも肩書きの方が大切になり始めた世の中で、私は自分自身より、古都子で生活をする方が、ずっと楽になっていったわ。

そして、いつの日からか、メインが逆転したの。中学生になった頃だったと思う。とてもよく頑張っているはずのところを、あまりよく覚えていないから。

「私」が覚えているのは、古都子が頑張ってくれたお陰で弱った体調だけ。だから、人生の思い出の大半が、トイレかうぐいす色の洗面器なの。緑は好きだけど、その洗面器の色だけは今でも受けつけないから、よほど顔をつき合わせていたんでしょうね。

私以外で古都子の存在を知っている人は、三年程前まで誰もいなかった。彼女は賢かったから、お医者様の前では姿を現さなかったの。少なくとも、それまで会ったお医者様の中に、古都子と冷静に会話できそうな人がいなかったのかもしれないわ。

彼女はとても偉そうにしてるの。外見がもう少し年上だったら状況は違ったかもしれないけど、私だったから仕方ないわね。だから、最初から「医師免許」を誇示してくる人とは、会話が期待できなかったの。

古都子が古都子として、初めて姿を現したのが、今の私のお医者様。彼と私の母と「私」でカウンセリングを受けていた時、突然彼女が現れたみたい。みたい、というのは、「私」は覚えていないから。

現れるきっかけになったのは、母の平謝りの姿だった。

私も古都子も先に進みたかったのに、母はいつも「昔」のことにこだわっていたわ。過ぎたことをいつまでも言うのが嫌い。それは私と古都子の共通点の一つ。そして、穏やかで相性のいいお医者様。この世界の現象はダイアル式の鍵のようなもので、ピタリと合えば、簡単にドアは開いたの。

私は解離性人格障害だとわかっても、病院で治療を受けなかったわ。お医者様も入院を強制しなかった。少なくとも古都子は、人に指図されるのが大嫌いだから、「解離性人格障害」として入院させられた時は、意地でも戻らなかったはずなの。それは一緒に頭の中に住んでいた「私」

がよく知っているわ。

半年くらいの間、私は古都子になりっ放しだったみたい。体を起こしていられる間は古都子。疲れたらベッドに横たわる私。平謝りはもういらない、と、両親に納得させるのは、どうやら古都子の方が向いていたらしく、それを彼らに伝えるのは、もっぱら古都子の領域だったわ。

その間、たまに私と古都子は頭の中で、頻繁に話し合いをした。信じられないかもしれないけど、私たちは円卓で向き合って、会議を開いたの。普段から「社長座り」の古都子と、椅子の手前にちょっとだけ腰かける癖のある私。でも、上下がないように円卓で話し合っているあたりがお互いらしいと、今は思うわ。ポイントはお互いにとっていい結果。個々に独立したい思いがなかったことも、人格統合に近かった理由かもしれないわ。

私は自分を守るために解離したんだと思う。そういう解離性人格障害があることも知ってもらいたいの。そうならなければ生きてこられなかったことに、自閉的な特徴を持って生まれたことが関わっていたとも思うわ。

たどり着いた本当の私

今の生活は私にとって二度目の人生だと思うわ。これを書いている時点で、私が「私」として生活を初めてから、まだ一年足らず。しばらくは、祖父と生活をしていた頃の私にすっかり逆戻りしたから、世の中は「はしたない」ことだらけに思えて苦労をしたけど、今では電車に乗り遅れそうになって、駅の階段を駆け上がったりもできるの。家の中を早足で歩き回ったりもするわ。

元気になって迎えた二度目の夏、母が家庭用のミニプールを買ってくれたの。最近の子ども用プールは大きいのね。妹と二人でもちゃんと入れたわ。まあ、足をピチャピチャする程度ではあったけど。

子どもの頃、裸足になって庭で水遊びや土いじりをすることは「はしたない」ことだと禁じられていたわ。それが我が家の習慣だった。大声を出して騒いだり、洋服を脱ぎ捨てたままにするのは、常識的にみて「はしたない」と誰もが思うでしょうけど、私は鬼ごっこをすることだけで気が咎《とが》めたわね。

楽しいと思ったからこそ、より一層気が重かったの。なぜなら、そういうことは品位に欠けることだ、と教わってきたから。祖父が育った頃と少しも変化していない世の中なら、私の育ち方は特に珍しいわけではないと思う。あの頃の人はそういう風にしつけられるものだから。だけど、私が実際に生活をしなければいけないのは今この時代だわ。

私はもう少しだけ頑張らなければならなかったの。価値観や習慣を変えるのって、とても大変なことなのよ！　私はよくやったと思うわ。そのことに関しては、自分に百点満点の評価を与えるべきだと思っているの。

父と母は、色々なことをやってみなさい、とすすめてくれる。庭の草むしりをしてお洋服を泥んこにしても、今ではもう叱りつけたりしないわ。父は忙しい合間を縫って、私を滝に連れて行ってくれたし、足を浸すと気持ちいいとも教えてくれたの。母とは映画を観に行ったりするわね。母の方から「また行こうね」と言うこともあるのよ。

一年前の私には、摩訶不思議な生活に思えたわ。色々なことをやっていいということに関してではなく、父と母が「何でもやってみなさい」と言うことが何とも妙だったの。今ではその気持ちが懐かしいと思えるくらい、あの日々を遠い過去のように感じるわ。十年以上辛い日々が続いたけど、健康で楽しい毎日が一週間も続いた頃、私はすっかりその十年を水に流せていたの。「退屈だな」と思える日があることが、今の私には一番の幸せ。

とはいっても、二十四年もの間この生活をしてきたのだから、消えない習慣もあるわ。まずは門限。父も母も「遅くなっても構わない」とは言うけど、私自身は夜七時以降に家の中にいないと落ち着かない。七時のニュースはショッピングセンターの大型画面より、自分の部屋の小さなテレビで観た方がリラックスできるわ。よほど気心の知れた友人に誘われて食事に出かける以外、夜の街で私を見かけることはないと断言できるわね。もう一つは大声を上げて騒ぐこと。例えばスポーツ観戦やコンサート。嫌いというより怖いんだと思うわ。それに正直言うと、つい思ってしまうの。「まあ、はしたない」って。これは今、何とか克服しようとしているところよ。我を忘れて盛り上がるのって、楽しそうだと思うから。

周りの人と話題を共有できるように、野球を見始めることにしたわ。つい最近まで「巨人の星」は実話だと思っていたくらいだから、野球については知らないことばかり。示し合わせたように私の周りはダイエー・ホークスのファンばかりだから、一応私もホークスを応援しているわ。だけど、王監督以外は井口選手と新垣投手くらいしか知らないの。おまけにエクボが可愛いなと思ったから目に留まったくらいで、私にもそんな軽薄なところがあったなんて驚いたわ。

まだ時々ルールが分からないからキョトンとしてしまうことがあるけど、ホークスの応援歌には少しだけ笑える思い出を持っているわよ。駅の中に入っている本屋さんで本を物色していた時、そのお向かいの薬局で流れていたのがホークスの応援歌。しかもずっと繰り返し流れていたの。あれって、どうしてあんなにいい曲なのかしら。何度か聞いているうちに私はすっかりリズムに乗ってしまって、見事に電車に乗り遅れたわ！　電車が発車した頃、私は悠長にも右足でリズムをとっていたんだから！　そして、とてもおかしかった。私がそんなことするなんて、これまでは考えられないことだもの。

福岡に住んでいる伯父がいて、彼の息子、すなわち私のいとこは野球少年。何度か試合を観に行ったこともあるみたいだから、今度は私も一緒に連れて行ってもらおうと思っているわ。埼玉に住んでいる母方のいとこは、リーグ優勝した日の試合を生で観ていたの！　テレビに映っている応援席のどこかに彼女がいるってことの方が、うんとびっくりしたけど……。

その夜、生まれて初めて「祝勝会」というものをテレビで観たの。何だかとても楽しそうだって思ったわ。それが少し嬉しかった。だって今までの私なら、観ようとさえも思わないだろうから。ルールが分からないなりに、今年の日本シリーズは楽しかったわ。だけど私のことだから、来シーズンまでにすっかり野球への興味がなくなっていることも、ないとは言えないわね。今期、少しは覚えたルールを忘れないようにしなきゃ。

それまでの私が得意だったのは、人と関わりを持たずに孤立無縁で生活をすることだったわ。私には属すべき場所が与えられなかったから、一つの場所に留まるということができなかったの。人間は生まれてきた時に、「家庭」という場所を与えられるでしょ？　私にはそれがないような気がしていたから、どこかに留まるということを学べなかった。

人との関わりも同じ。同じ人と一緒にいるのは、せいぜい一年が限界だったわ。それを過ぎると、どうやって縁を切ればいいのかばかり考えていたの。一緒におしゃべりしている時も買い物をしている時も、私に腹を立てて去って行ってくれたらどんなに楽だろう、と思っていたわ。それが悲しいことだとは知らなかった。誰かが去って行ってくれるのを待つか、私が逃げ出すかのどちらかだったわね。

日常生活の場も、私にとってはあまり定かではなかったわ。お稽古事の先生の家。親戚の家。病院。学校。自分の家で過ごした時間は、とても少ないと思う。だから私の部屋は事実上「物置」と化して、実際は住んでいるとは言えない状況だったわ。でもこういう風に感じるのも、自閉スペクトラムの特徴なのかしら。

私があまりに「家族と生活していない」というので、この本の編集者には間取り図を描いてと言われたわ。そして言われたの。「ひとつ屋根の下で暮らしてきたんじゃない」って。確かにそうだわ。その時点まで、私の考えている「家族」は、とてもステレオタイプの「家族」だったの。現代社会の教科書に載っているような、昭和三十年代の家族。ご飯を食べるときはみんなが揃っていて、同じ部屋で大抵の時間を過ごすようなイメージだったの。

私はそうでなければ「家族」と呼ばないと思い込んでいたみたい。我が家は私の思い描いているような家族とは程遠いわ。そういうわけで、私は思い込んでいたの。私は家族と生活をしていないってね。一番年の離れているいとことは、九つ違って、私は彼が使い終わった教科書を見るのが好きだった。公民の教科書に「一般的な日本の家庭」と説明書きの加えられた白黒の写真が載っていたわ。最初に見た「家庭」の視覚的情報がそれだったから、私はそれを基準にしたみたいなの。どうやら「わが家」という概念の抱き方にも、私たちには私たちなりの特徴があるみたいね。

ちゃんと部屋を持ったのは三年前。父は私のために、真新しい部屋を用意してくれた。私がこの家で家族と生活するために、初めて正式に与えられた「場所」だったわ。とても嬉しかったけど、とても重荷だった。もうどこにも逃げられない気がして、すぐにでも知らない所へ逃げてしまいたい気分になったの。今考えれば、禁断症状みたいなものだったと思うわね。

一年半は相変わらず逃げ出したくて仕方なかったけど、ある日突然、ここは自分の場所だと思えるようになったわ。それがどうして思えるようになったのかは、私には分からない。だけど、「逃げたくなったら逃げてもいいよ」という両親の言葉は大きかったと思う。私はやっと出口にたどり着いて、そして気づいたわ。逃げていたんじゃなくて探していたんだ、ということ。仮にこの先の人生で逃げてしまいたいことがあっても、私はちゃんと帰る場所を見つけたの。それに気づいた時、私の中から「逃げ出したい衝動」は消えてなくなったわ。

そして、私は少しずつ人と関われるようになってきているみたい。新しい出会いもあったし、記憶がなくなったせいで一から知り合い直した人もいるわ。友人によると、私は明るくて、よく笑って、少しはにかみ屋で、やっぱり勝気な頑固者なんですって。人から想われることは、まだピンとこない。両親にしても友人にしても、受ける感情はまだ学び続けなければいけないことなんだと思うわ。でも、私の中で人と関わろうとする感情は、ようやく花を咲かせたみたい。今は自分の意志で、一つの場所での生活を続けているの。

特別な友人の一人が、つい最近遠くに引っ越してしまったわ。彼女とは知り合って一年と少し。彼女と出会えたことは、これまで必死に頑張ってきたことへのご褒美だと思うの。そう思える素晴らしい女性だわ。だから、お別れは寂しくて辛いものだってことを初めて知ったの。誰かと「さよなら」することで泣いたのは、生まれて初めてだった。それは私が学ばなくてはいけない感情だったし、それを教えてくれたのが彼女で嬉しい。私はもう大丈夫だって、心から言えるわ。大嫌いな飛行機を我慢するから、どうか長野に遊びに来てもいいと言ってね。

変わったことは他にもあるわ。他の章でも触れたけど、私は人の声を聞いたことがなかったでしょ？　だから今の私が安心して聴ける音楽は実際にごっそりと減ってしまって、二百枚近くあったCDは、たった五十枚程度になってしまったの。

私の耳はとてもわがまま。シンセサイザーの音は苦手みたいで、その手の音楽が流れると途端に耳鳴りしか聴こえなくなるわ。妹はよくそういう音楽を聴くから、訓練だと思って彼女に付き合うけど、大抵は十五分くらいで音を上げてしまうのが現状ね。そして、悲しいかな、つい習慣でドラムの音を一番に聴いてしまうから、素晴らしく音の一つひとつが丁寧で、安心してしまうくらい滑らかなスティックさばきのドラマーが演奏していないと聴けないわ。単純なリズムを上手く叩ける人のドラムは安心して聴いていられる。自分も演奏するからよく分かるの。ドラムの音は騒音と紙一重。一歩間違うと、私にはかんしゃくの原因にしかならないもの。

結果、私のお気に入りはスピッツに収まったわ。「ドラム、すごく上手いわねぇ」は私にとって「大好き」と同じ意味。妹にそう言うと、彼女は持っていたCDを私にくれた。私はあまりギターの音が好きじゃなかったわ。バイオリンと同じようなもので、高い音階は耳にこたえるから。だけど、スピッツのギターを聴いた時、みぞおちの下辺りがザワザワザワザワとしたわ。音の一つひとつが丁寧なんだもの。ギターの音を聴いてそうなったのは、エリック・クラプトンやカルロス・サンタナ以来だったわ。それから、ノーキー・エドワーズも入れておかないとね。何せ最初に聴かされたギターだから。激しくて苦手な高い音階になれば音量を低くして聴けばいいでしょ？　堂々のクリア。ベースの音は最高！

度々不眠症に悩まされる生活だから、眠れない夜はウォークマンで延々とベースの音だけを追いかけるの。すっかり安心して、知らない間に眠っていることが多いわ。それから、ボーカルのファの音。落ち込んでいる時は何だか励まされるし、ガビガビしている時は心を静めてくれるの。彼が持っている不思議なファの音。私には子守歌みたいに心地いいファの音。何よりも私が一番安心するのは、どの楽器も走っていないことね。

音楽はどれか一つが突出しているよりも、調和を目指しているものの方が私の耳には安全。例えば、バックバンドをつけて歌っている人の曲を聴いていたとするでしょ？　ある日バックバンドのメンバーが丸々変わってしまって、今までは大好きだったのに聴けなくなるということもあるの。そのせいで売ってしまったCDもあったわ。そういうわけで、わがまま極まりない私の耳が受け入れたスピッツに収まったの。

あら？　これって「ひいき目」ってものかしら？　もしそうだったら、また一つ「普通」に近づけたのね。せっかくだからファンクラブにも入会してみようと思ったけど、これは少しだけ物議をかもしたわね。今までに私は二つのファンクラブ会員歴があるけど、入会すると途端に無頓着に変貌するからなの。「何で入ったの？」と妹はよく言うわ。そう言われると、実は私にもよく分からない。会員証が届いてすぐにすることは退会の仕方の確認で、会報は読まないから、「何で入ったの？」は当然の質問だと思うわね。入会するまでのモチベーションが楽しいらしい、というのが今のところの結論。

修学旅行だって準備の方が好きで、当日は盛り下がるのが私。お医者様に「アスペルガーのせいですか？」と訊ねたら、「性格だと思います」と言われて、とてもおかしかった。

そこで、今回は入会するまでしばらく考えたわ。ちゃんと会報は読むかしら？　すぐに退会するって言わないかしら？　妹に聞くと、「言うと思う」なんて答えが返ってきたけど、私は決心して入会したわ。その後、言ったかどうかは内緒。会報を読んでいるかどうかは秘密。ちなみに今年の夏、ファンクラブを更新して家族の目を丸くさせたわ。一番驚いたのは私自身だけど。

食べ物に関してはさらに無頓着ね。きっと現代のペットの方が、ずっとグルメだと思う。ただ、和菓子には我を忘れるわ。食べようと思っていた草団子を母に食べられて、本気で腹が立ったくらい目がないの。ヘトヘトに疲れていても、黒糖餡のお饅頭があれば完全復活できるわ！

我が家で一番の掃除好きは私。一方で、母は無くし物の天才。物は出しっ放しだし、大切なものまでうっかり捨てちゃう人だから、四六時中私のひんしゅくを買っているわ。父は私の潔癖のおかげで随分困らなくなったと思う。母がしまい込んで行方不明になった書類を、根気よく捜し出せるのは私だけだから。その度に夕飯の食卓には大好物の草餅が登場する。平らげた頃にはすっかり気分も持ち直すけど、草餅を食べる機会はこれからもたくさんありそう。

私は自他共に認めるお笑い好きで、それは解離性人格障害が完治しても変わらなかったみたい。もともと「ドリフターズ」にドップリ浸かっていたのだから、始めからお笑いが好きだったんだと思うわ。加藤茶さんがドラムだったから渋々ドラムを続けたぐらいドリフターズが好きだったの。もちろん、今でも好き。最近、同じ県出身のお笑いタレントの「はなわ」さん（私の場合は「爆笑オンエアバトル」で知ったのが先）の本を買ったんだけど、人生で二度目に人のサインが欲しいと思ったわ。一度目はポール・カリヤ選手のサイン。分かる人には分かると思うなぁ。グレツキーも素敵だったけど、やっぱりカリヤよね！ サインといえば、写真の上にサインを書くのはなぜなのかしら？ 写真、見にくくなるのに……。「裏に書いて下さい、って言ったらダメなのかなぁ？」と母に訊ねたら、何だか微妙な表情になっていたわ。

私が長い間の闘病生活でしぶとく生き残ったのは、やたらと毎日笑っていたからだと思うの。妹が言ったんだけど、「ちゃんと、あはは、って発音するよね……」ですって。とにかく私はよく笑う。小学生の頃から毎日は分刻みのスケジュールで、テレビをリアルタイムで観ている時間はなかったけど、私には「ビデオデッキ」という心強い味方がいたの。「とんねるずのみなさんのおかげです」、「ボキャブラ天国」、「ごっつええ感じ」その他もろもろ、私は必ずビデオに録画したの。幸か不幸か、私はずっと不眠症だったので、録画したビデオを観る時間は充分にあったわ。夜中だから声を出して笑えないでしょ？　我慢して笑うとお腹の皮がよじれて、それも私には楽しかった。やたらと腹筋が強いのは、そのせいかもしれないわね。

私がこの家の一員として生活するようになってから、我が家には「誕生日のプレゼントはリクエスト制にする！」という制度ができたわ。正確には、私が作ったの。せっかく貰うんだもの。お金だけ渡されるのも寂しいものだし、サプライズは他の人に期待して、本人が今欲しいと思っているものをあげた方がいいと思ったわけなの。私は今年の誕生日に、「ごっつええ感じ」のDVDをリクエストした。知らない間に何巻か出ていて、「どれが欲しいの？」と母が聞くので、「突然〝第三巻〟だけ貰っても困るし、一巻目……かなぁ？」と答えたわ。周りの人、特に父は私のリクエストに不服らしいの。私はいつも「DVDディスクがいい」と言うから。年頃の女の子に何か買ってあげる身としては、もっとロマンチックな物がいいと思っているのかもしれないわね。悪いけど譲らないわよ。一応〝第一巻〟だけリクエストしたけど、実はお腹の中では「〝第二巻〟もおまけしてくれないかな……」なんて思ったりするわ。

苦手なものを克服できるように毎日頑張っているけど、嫌いなものは変わらないみたい。虫が出たら本当に泣く。泣き叫ぶと言った方が正確かもしれないわ。困難な生活を乗り越えてきたわりには平凡な弱点よね。大学生の頃一人暮らしをしていたマンションに、体長三十センチはありそうなムカデの怪物が出て、私は三時間以上かけて実家に戻ったわ。そんな理由で帰ってきて当然叱られたけど……。周りは畑ばかりで次は何が出てくるのか見当もつかなかったから、私はそそくさと国道沿いに引っ越したわ。耳栓があればエンジンの音は我慢できるもの。

本当はウサギとの生活を綴って締め括りたかったけど、「父のバイク小屋乗っ取り計画」は早々に感づかれて、ウサギを飼うことはあえなく却下。だけどいつか必ず飼うつもり。もう名前も決めたから、絶対に飼うの。最近はウサギの可愛らしさに目覚めた父の方が乗り気で、おかげで私は昔より父との会話が増えたみたい。飼い主の座を奪われないようにしなきゃ。

来年の今頃、私はどこにいるかしら？　何をして暮らしているかしら？　未来を想像できるなんて、私には信じられないくらいの贅沢だわ。願わくは健康で、「こんなことを書いていたわね」と思えたら完璧。ウサギがちゃんと飼えていたら申し分ないし、まだ見ぬ誰かを幸せにしてあげることができていたら、もう最高！

これから生きていく私

ご縁いただいて、私は本を出版していただけることになった。そういうわけで、私は東京に出たわ。

出てくるのは、驚くほど簡単だった。博多駅で一度乗り換えただけ。六、七時間前まで、自分のベッドの上で、「うむううう、犯罪都市二十四時に行くんだわ。臓器、切り売りにされちゃったらどうしよう……」なんて、バタバタ暴れていたのに、あっという間に私は東京駅に到着したの。

ホームに下り立った瞬間、正直なところ、そのまま帰ろうとしたわ。一瞬にして視界に入った人の数が許容範囲を超えたので、私は色と大まかな形しか判別できなくなったの。慌てた私は、とりあえず人の波に乗ったわ。とても頑張ったと思う。でも、問題はすぐに浮上してきたわ。エスカレーターに乗る時、みんな、ぴったりと左に寄って立つから。それが悪いということじゃないの。むしろ、キレイに一列になれたことで、多少落ち着きを取り戻せたもの。それ以上に混乱があっただけだわ。

　私は左手でしか荷物を持って歩けないらしいの。スーツケースとハンドバッグ。手すりにつかまらなければ倒れてしまいそうなほど疲れていたから、私は荷物をすべて右手に持ち替えなければいけなかったわ。

　左手を基軸にしているからこそ生活していけることを、その時まで知らなかった私は、荷物を持ち替えた瞬間、すべての音が聞こえなくなった。

　突然、鏡の中に吸い込まれた気分だったわ。エスカレーターに乗っている間、世界はとても静かだった。耳鳴りさえない静寂に、心はいつの間にやら恐怖を飛び越え、それよりも遥か彼方にある麻痺の領域にどっかり腰を下ろしていたわ。私が立ちつくしていたのは、ほんの十秒程度だったけど、まるで何千年もそこに立たされていたみたいな、とてつもない疲労感を味わったの。どうやら改札口を通ったみたいだけど、よく覚えていないわ。

　耳が聞こえなくなった分、少しだけ視力が回復したので、私は自分がどこにいるか確かめた。東北地方で大きな地震があったらしく、新幹線が止まっていたわ。夕方のラッシュも手伝って、ここに住んでいる人たちでさえウンザリ顔で足早に行き交う構内を、私は普段より半分の視力と聴力でさまよった。待ち合わせをしていた従姉を見つけられず、俗にいう迷子になったのだけど、新幹線に乗れずにいる人たちの方が、ずっと大変そうに思えたわ。

　私には、とてつもなく大変なことが起こった時、何も感じなくなるという才能があるみたいで、迷子になりながら、「のどが渇いた……」とか、「大丸だわ。入ってみようかしら……」なんて、のんきなことを考えていたのよ。

ウロウロしていた私を発見してくれた従姉がオレンジジュースを飲ませてくれたおかげで、私はだいぶ、平常の自分に戻ったわ。

戻ったのはよかったけど、欲を言えば、新宿駅を発車してから戻ればよかったみたい。大混雑の京王線。常に火事場のバカ力体勢の私が蹴ったら、曲がりそうなほど薄い金属でできた電車。何よりもショックだったのは、荷物を持ちながらでは歩けない自分。思い上がりと甘えを実感できたのは、あとでいい結果を生むとしても、その時点では泣きたい気分にしか発展しなかったわ。

私は荷物を持ってくれる人がいるのを、当然のことだと思っていたの。車のお迎えがあることも、そう考えるのが贅沢なことではないと捉えるのも、本当は甘ったれ以外の何物でもないと知った私は、その晩、大泣きしながら、自分の悪いところを書き出したわ。「私、とんだ甘ったれじゃない！　反省なさい！　もう帰りたいわ……。ほら、また甘える！　でもお湯張りの仕方、分からないわ……」

逃げ出さなかったのは、これを書くため。泣きながら『ぼくとクマと自閉症の仲間たち』を読んだ単身上京最初の夜、私も誰かの涙を止めてあげたいと思ったから、逃げなかったの。

地図を暗記できるけど、いつも迷子になるのは、三次元の物事の判断に弱いからだと知ったわ。だけど、東京の電柱には親切に詳しく住所が載っているから、とてもありがたいわね。

泊まっているマンションは、部屋の造りが私自身の部屋と似ていて、大好き。マホガニー色の机も似ていたから、早速「自分の部屋」作りを始めたわ。私はどんな場所に行っても、たとえ一泊旅行でも、「自分の部屋」にしないと居心地が悪くなるわ。だから、色々なものを持っていくの。いつも読む本。お気に入りのＭＤ。ぬいぐるみ。そして、祖父の写真立て。まだまだ、全部は書ききれないほど、たくさん。いつもと同じじゃないとイヤなのは、とてもアスペルガー症候群的だわね。

二日目の夜は、お笑い番組を観ながら、笑えてた。三日目の朝は、一人で杉並から麻布まで、ほんの少しの電車の冒険。これを書いている今も、帰りたい気分が突然舞い降りてくるけど、やっぱりまだここにいるわ。私以上にもっと涙で頬を濡らしている人たちのために。

おわりに

この本を手に取って下さったことに、まず心から感謝したいと思います。この本はあえて、お喋りをするような感覚で書かせて頂きました。辛い出来事を堅苦しく書くのは苦手で、それが一番の私らしさです。

これは私が体験してきたことで、私以外のアスペルガー症候群の方が同じ「物の考え」や同じ「行動」をするわけではないことをご理解下さい。

私は自分自身の生活が少しでも過ごしやすくなるように、いくつかのマニュアルを作成しました。マニュアルといいましても、「大きな音がした時は自分で耳を塞ぐようにする」というような決まり事です。そのおかげで随分生活しやすくなったように思います。もし、この本を読んだアスペルガー症候群の方の中に、「マニュアルを作ってみようかな」と思われる方がいらしたら、ぜひ挑戦してみて下さい。ただし、アスペルガー症候群の症状はそれぞれ異なるわけですから、マニュアルもそれぞれに適したものを作成する必要があると思います。私の本の中にも、私のマニュアルがいくつか登場すると思いますが、それは私自身の生活において活用するものですから、みなさんがこれを実行しなければいけないというわけではありません。中には、このやり方は合うかもしれないと思われる方もいらっしゃるかもしれませんね。そう思われた方もそうでない方も、私の例を参考にしてご自分のマニュアルを作ってみて下さい。

自分自身では分かりかねることもありますので、ご家族やお友達の協力があれば、より生活を送りやすいマニュアルが作成できると思います。マニュアル作成は、アスペルガー症候群の人間が日常生活を送る上で重要なものになると同時に、アスペルガー症候群の人間を取り巻く人々にとっても、彼らとの生活を円滑にするための重要な手段です。お互いのルールを知ろうと努めることで、分かり合える生活の第一歩が踏み出せますことを心から期待しています。

そして、アスペルガー症候群ではない方でこの本を手に取って下さった方々には、更なる感謝を申し上げます。アスペルガー症候群の人間にとって今一番必要なものは、私たちが確かに存在しているということに対する認識の広さではないかと私は思っています。たとえこの本を読み始められたきっかけがタイトルに対する興味であられたとしても、私にとっては、ただ手に取って下さったことが何よりも嬉しいことなのです。

この時代を生き抜いていかなければならない方々にとって健常者であることは、私たちアスペルガー症候群の人間が持つものとは違った困難があることでしょう。癒しを求める傾向が、私たちの知らない「外の世界」を物語っているように思われますが、この本を手に取って下さったあなたの中にも、誰かを「癒す」温もりがあるように思います。「いたわり」という名の優しさは、それだけで人を癒すのではないでしょうか。私はそう信じています。

いかなる立場であっても、共感して頂くことはこの上ない「いたわり」です。私はアスペルガー症候群と診断され、二度目の冬を迎えました。健常者の皆さんにとって私が過ごしてきた日々は、とても奇妙なものに映るかもしれませんが、これこそ私が生きてきた世界です。私は今、皆さんと同じ世界へ一歩ずつ、ゆっくりとではありますが歩みを進めています。その段階で、たくさんの方の「いたわり」を頂戴しました。私がこの本を書こうと思ったのは、絶望的に不安に満ちた「外の世界」の中にも、少なからず希望に変える優しさが存在することを知ったからなのです。私にできることは、アスペルガー症候群の存在を少しでも多くの方に知って頂くことです。

この本を読んで下さるすべての方に、感謝いたします。

平成十六年三月　藤家　寛子

献辞

人によって一度は閉ざされてしまった私の心を再び開くことができたのは、また、人であったように思います。これまでの深い絶望の中から私を救い、私を受け入れて下さった方々に心から感謝致します。

私の家族。父、母、妹、祖母。私たちは家族になるためのチャンスを、たくさんの人から与えてもらいましたね。もちろん私たちも努力したと思います。様々な困難に遭ったけど、いつも一緒に戦ってくれてありがとう。きっと、私たちは素晴らしい家族になれると信じています。特に祖父。私の大お父様。あなたの愛情が私を支え続け、その心を今でも近くに感じることができます。絶えず見守って下さって本当にありがとう。慈悲深く、大らかで誰よりも努力家のあなたを誇りに思います。

私に様々な指針を与えて下さった松尾菊代先生。先生とお会いできたことを、大変光栄に思う毎日です。本当にありがとうございました。

私を支えてくれる人々。太田信也さま、克子さまご夫妻。尾崎美由紀さま。松本賢治さま、優子さまご夫妻。温かい愛情で私を迎えて下さったことに、心からお礼を申し上げます。ありがとうございました。

私の大切ないとこ、美香ちゃん。いつも本当の妹のように可愛がってくれて、ありがとう。大好きなあなたの幸せが、私の一番の喜びです。

私の友人。笠村悠紀さま。東島祥子さま。友情という素晴らしい宝物を私に与えて下さったことに、大変感謝しています。本当にありがとう。特に内田あい子さま。私が求めてやまなかった表面的ではない人との繋がりを教えて下さったことに対する感謝は、言葉では言い表せません。あなたと出会えてよかった。本当にありがとう。帖佐知美さま。お話をする度に、私が妹のような甘えん坊気分になれることをご存知でしたか？　私にそんな気持ちを教えて下さって、本当にありがとう。My friend, Susan Chung. I absolutely appreciate your caring and I am really proud to have your friendship. I hope we will always stay in touch. Thank you so much for your kind friendship.

山下のおばさま。私に少しだけでも子どもらしい思い出があるとすれば、あの日々の中だけのように思います。私の宝物を広い心で受け止めて下さって、本当にありがとうございました。

私のお医者様、瀬口康昌先生。心理療法士の野中美穂先生。絶望的に見えた私の道を明るく照らして下さったことに、心から感謝致します。瀬口先生にお会いし、早いもので、もう六年の歳月が流れました。毎年クリスマスに先生に診察して頂くのは、心の安息という、サンタさんからの贈り物に違いありません。今年はその素晴らしい日を、野中先生ともご一緒できたら幸いと存じます。本当にありがとうございました。

最後に、浅見淳子さまをはじめ、花風社の皆さま。出版はもとより、新しい出会いと、今まで以上の勇気を与えて下さって、本当にありがとうございました。お会いできた幸運を、いつも感謝しております。

私が歩き始めた今の生活は、決して私一人の力で掴んだものではありません。深い思いやりと寛大な心で接して下さった方々のおかげです。この本を出版することが、一人でも多くの人の手助けになることを願っています。私を助けて下さった皆さんと同じように、私も誰かのお役に立つことができたら本望です。

心からの感謝を込めて

平成十六年三月　藤家　寛子

著者紹介

藤家寛子（ふじいえ・ひろこ）

1979年生まれ。作家。

青春時代より重い精神症状・身体症状に悩まされる。生きづらさから解離性障害を発し、のちにアスペルガー症候群と診断される。本書は、解離性障害から回復して書いた第一作の復刊。

その後、アスペルガーのリアルな姿を語ったニキ・リンコとの共著『自閉っ子、こういう風にできてます！』がベストセラーとなる。その他に自閉の少女を内面から綴った童話『あの扉のむこうへ』、混乱した世界観からの回復を綴った『自閉っ子は、早期診断がお好き』、支援を上手に利用して回復していく途上を綴った『自閉っ子的心身安定生活！』などの著作がある。そして見事に心身回復し社会人として就職するまでを『30歳からの社会人デビュー』（いずれも花風社）にまとめた。現在は心身ともに健康。故郷の佐賀県で販売員として勤務。本書初版出版時とは別人のように充実した日々を送っている。

★ 著者からの最新メッセージはカバーの下にあります。

他《ほか》の誰《だれ》かになりたかった
多重人格《たじゅうじんかく》から目覚《めざ》めた自閉《じへい》の少女《しょうじょ》の手記《しゅき》

2004年4月 5日　第一刷発行
2016年2月23日　改訂第一刷発行

著者：　藤家寛子

装丁：　土屋 光
カバー写真：　大城 司
発行人：　浅見淳子
発行所：　株式会社 花風社
〒151-0053 東京都渋谷区代々木 2-18-5
Tel : 03-5352-0250　Fax : 03-5352-0251
URL : http://www.kafusha.com　E-mail : mail@kafusha.com

印刷・製本：　モリモト印刷

ISBN978-4-907725-96-9